Pelindung Batu

Romansa Gargoyle yang Melindungi

Demelza Carlton

Lost Plot Press

Ini adalah karya fiksi. Nama, karakter, bisnis, tempat, peristiwa, dan kejadian merupakan hasil imajinasi penulis atau digunakan secara fiktif. Kemiripan dengan orang yang sebenarnya, baik yang masih hidup maupun yang sudah meninggal, atau peristiwa yang sebenarnya adalah murni kebetulan.

Lost Plot Press

Satu

Teriakan Effie menusuk hati Wystan. Itu bukan yang pertama, tetapi demi Tuhan dan iblis, itu akan menjadi yang terakhir baginya.

"Kamu membunuhnya!" teriaknya sambil mendobrak pintu pondok.

"Tuan Steel, persalinan bukanlah tempat untuk seorang pria," tegur bidan, tanpa menatapnya sambil menunjuk ke luar. "Keluar!"

"Tapi dia sudah berteriak seperti ini sepanjang hari. Ini tidak mungkin normal!" Wystan berargumen, tetap pada pendiriannya.

"Ini bukan anak burung pertama yang membutuhkan waktu satu atau bahkan dua hari untuk bisa sampai ke dunia. Tuan Steel..."

Mata Effie seperti ada neraka di dalamnya. "Satu hari lagi seperti ini? Oh, aku tidak tahan. Rasanya sakit sekali!"

Wystan mencengkeram tangannya dan berlutut di samping tempat tidur. "Aku akan mencarikan dokter untukmu, Euphemia, aku bersumpah. Aku akan menjemputnya dan membawanya kembali ke sini untuk menjengukmu dan bayi itu. Aku janji." Dia menempelkan bibirnya pada bibir Euphemia sesaat sebelum dia bergegas berdiri. "Bertahanlah sedikit lebih lama sampai aku kembali, Effie." Dia melesat keluar pintu, saat teriakan berikutnya membuat sepatu botnya mengepak.

Dua

Ketika Wystan kembali, pondok itu sunyi senyap. Effie dan bayi itu pasti sudah tidur, pikirnya, sambil membuka pintu setenang mungkin. Bidan itu benar dan mereka tidak membutuhkan dokter, yang mungkin merupakan hal yang baik, karena sekali ini Wystan akhirnya menemukan pria itu, menggoda Carline Steel saat dia makan malam dengan saudara laki-laki gadis itu di rumah megah di atas bukit, bajingan sombong itu menolak untuk datang.

Ah, itu dia, berbaring di tempat tidur, tertidur lelap, dengan bayi yang dibedong di dadanya. Mereka berdua kelelahan karena cobaan berat yang mereka alami. Dia tidak ingin membangunkan mereka, jadi dia akan tidur di atas palet di dekat perapian malam ini.

Kecuali... tidak ada api yang menyala, meskipun hari sudah hampir gelap. Mungkin Effie sudah terlalu lelah untuk menyalakan api, sehingga api pun padam.

Dia mungkin tidak dapat mendatangkan dokter, tetapi dia dapat menyalakan api yang layak untuk menjaga keluarganya tetap hangat ketika mereka bangun. Mungkin dia bahkan bisa menyalakan sepanci rebusan untuk didihkan saat mereka tidur...

Sepupu-sepupunya akan tertawa jika mereka tahu bahwa dia memasak lebih banyak daripada Effie. Effie bisa menyiapkan daging dan sayuran dan bahkan roti, tetapi ketika tiba waktunya untuk memasak apa pun... dia hanya terjebak dalam kegiatan menjahit atau apa pun yang dia lakukan sehingga dia lupa. Entah dia lupa memasak sesuatu atau dia lupa bahwa makanannya sudah matang, sehingga semuanya menjadi mentah atau gosong. Jika Wystan menginginkan sesuatu di antaranya, dia harus mengambil tindakan sendiri.

Sama seperti yang akan dia lakukan malam ini, sehingga akan ada sesuatu untuk dimakan Effie ketika dia bangun. Kemudian lagi, mungkin dia harus menunggu sampai pagi, karena jika dia menyalakan lentera untuk melihatnya, dia pasti akan membangunkannya, ketika dia membutuhkan tidur setelah bekerja keras untuk membawa anak pertama mereka ke dunia. Dia akan membuatkan sarapan untuknya di pagi hari, katanya pada dirinya sendiri.

Tapi sebelum dia berbaring di atas paletnya di dekat api yang kini berderak, dia tidak bisa menahan diri untuk tidak memberikan ciuman selamat malam kepada Effie.

Dia membungkuk di atas tempat tidur, menyibak sehelai rambut yang tersesat dari wajahnya, sebelum dia meletakkan kedua tangannya di kedua sisi kepalanya.

Saat bibirnya menyentuh bibir wanita itu, dia tahu ada yang tidak beres. Tidak pernah, bahkan di hari musim dingin yang paling dingin sekalipun, bibirnya terasa begitu dingin. Dia juga tidak dapat merasakan nafasnya, dan ketika dia merasakan denyut nadinya, dia selalu merasakan detak jantungnya berdetak begitu kuat di tenggorokannya...

Tidak ada.

Hampir tidak berani bernapas, ia meraih bayi yang dibedong...

Hanya untuk melolong kesedihannya di malam hari, karena dia telah kehilangan segalanya.

Tiga

Bertahun-tahun telah berlalu, dan dia berada di belahan dunia yang lain, tetapi ketika Wystan menunggu dalam kegelapan bersama Grant dan Harlow sementara Stan merayap di semak-semak untuk mencuri pengantin untuk dirinya sendiri, malam itu dia menemukan Effie dan putrinya meninggal mungkin baru kemarin, kesedihan masih terasa segar.

Atau mungkin itu adalah ketakutan, bahwa malam ini akan membawa kematian sekali lagi.

"Tidak, tunggu!" desisnya, tapi dia terlalu lambat. Grant menerjang ke tempat terbuka.

Sesaat kemudian, suara dentuman senapan menjatuhkannya.

Harlow mengeluarkan tangisan tertahan, marah karena kesedihan yang Wystan tahu betul, saat dia berlari ke arah saudaranya. Ledakan lain dan dia pun terjatuh.

Pertama istri dan anaknya, dan sekarang sepupu-sepupunya. Wystan tidak memiliki keluarga yang tersisa. Tidak ada yang tersisa untuk hidup. Dia bangkit berdiri, merentangkan kedua tangannya lebar-lebar seperti Kristus di kayu salib di gereja di Skotlandia, di mana dia menggantung di atas peti mati Effie pada hari pemakamannya. Pada hari itu ia mengubur semua harapan dan impiannya tentang masa depan.

Tembakan pertama mengenai bahunya, menghancurkan sebagian lengannya. Wystan menyambut rasa sakitnya. Tembakan kedua menyusul tembakan pertama, hingga dia tidak bisa lagi merasakan lengannya. Mungkin lengannya telah hilang. Tembakan ketiga mencuri nafasnya saat seluruh tenggorokannya terasa seperti terbakar.

Tapi hanya untuk sesaat.

Pada saat tubuhnya membentur tanah di tepi Sungai Swan, Wystan sudah meninggal.

Namun, takdir belum selesai dengannya.

EMPAT

Tacey tahu dia harus segera pergi, tapi dia memperlambat langkahnya ketika dia sampai di depan patung gargoyle baru Callie. Bagaimana dia bisa membawa benda mengerikan itu masuk ke dalam rumah, Tacey tidak tahu. Mungkin patung itu tidak benar-benar terbuat dari batu? Hampir tanpa pikir panjang, dia mengulurkan tangan untuk meremas apa yang harus diakuinya sebagai pipi pantat yang terpahat sempurna. Rasanya hangat dan keras, seperti batu yang telah terkena sinar matahari, tetapi juga memiliki sedikit rasa, seperti busa khusus yang digunakan Rochelle saat membuat baju zirah cosplay-nya. Jadi, jika dia benar-benar busa dan bukannya batu, dia seharusnya bisa mendorongnya ke kamar Callie agar Rory tidak pulang untuk melihat monster itu dalam keadaan telanjang bulat.

Namun ketika dia memberinya dorongan eksperimental, dia tidak bergerak sama sekali. Dia memberikan seluruh berat badannya padanya, mendorong ke sisinya karena Callie tidak akan memaafkannya jika dia mematahkan penis yang sangat besar itu, tapi dia tidak bergeming. Mungkin dia adalah batu, dan dia hanya hangat karena dia telah berdiri di bawah sinar matahari.

"Sebaiknya kamu menyembunyikannya sebelum aku pulang dari makan malam, Callie," gumamnya sambil menuju pintu depan. Dia tidak ingin menghabiskan malamnya dengan menjelaskan penis kepada anak berusia enam tahun.

Tentu saja, Rory bukanlah Rory jika dia tidak ingin Tacey menjelaskan sesuatu.

"Bu, siapa One Direction? Nenek bilang kamu menyukai mereka. Kukira kamu hanya boleh mencintai satu pria, bukan lima. Bagaimana bisa kamu mencintai lima pria?"

Sejenak, Tacey berharap dia bisa menjelaskan penis batu sebagai gantinya.

Dia menarik napas dalam-dalam. "Mereka adalah sebuah band saat saya masih SMA, sayang. Saya menyukai musik mereka, bukan mereka. Aku tidak pernah bertemu dengan mereka. Aku hanya melihat mereka di TV. Sama seperti kamu menyukai Mandalorian."

"Tapi saya ingin menikah dengan orang Mandalorian. Anda tidak bisa menikahi kelima pria itu. Kalau begitu aku akan punya lima ayah, dan kamu bilang satu ayah saja sudah lebih dari yang kita butuhkan. Kita tidak punya cukup kamar tidur untuk mereka berlima."

Tacey menatap ibunya dengan curiga.

Ibu mengangkat bahu. "Dia sedang mencari kertas gambar di mejamu, dan menemukan setumpuk poster One Direction-mu. Saya mengambilnya dari dinding, tetapi saya tidak membuangnya, kalau-kalau kamu masih menginginkannya, jadi ketika dia datang untuk menanyakannya, saya memberitahunya."

"Baiklah, Anda bisa membuangnya dengan aman sekarang. Meskipun saya tidak akan menolak Harry jika dia memintanya, saya ragu akan ada kesempatan bagi saya untuk bertemu, apalagi menikahi salah satu dari mereka. Apalagi jika

Rory ingin mengikuti pelatihan astronot sehingga dia bisa menerbangkan pesawat luar angkasa sendiri di masa depan, seperti Mandalorian." Tacey mengacak-acak rambut Rory.

Rory mundur ke belakang, ketakutan. Sejenak, Tacey mengira Rory akan menggigitnya - sesuatu yang belum pernah dilakukannya sejak ia masih balita. "Mummy! Maukah kau membelikanku pesawat luar angkasa juga? Saat aku sudah dewasa dan menjadi pemburu hadiah?"

Mata ibu Tacey terbelalak. "Kedengarannya tidak pantas."

Oh, jangan lagi. "Kalau begitu, kamu harus mengatakannya pada Octavia, bukan aku. Dialah yang membawa Rory ke Star Wars dan semua spin-off-nya." Tapi Ibu tidak akan pernah percaya bahwa Octavia yang bersalah. Dia yakin dia telah membesarkan Octavia terlalu sempurna untuk itu.

"Kamu bisa saja pulang ke rumah agar kami bisa membantumu merawatnya. Kamu bisa pergi ke universitas seperti kakakmu dan membuat sesuatu untuk dirimu sendiri," Ibu memulai dengan penuh harapan.

Sebaiknya dia menghentikan pemikiran itu sebelum Ibu melangkah lebih jauh. Tacey menggelengkan kepalanya. "Tidak, Bu, aku baik-baik saja menjalankan kafe dan tinggal di Bell House bersama gadis-gadis lain. Kau baik sekali mengundang Rory untuk menginap sesekali, tapi inilah kehidupan yang kuinginkan. Aku bukan Octavia."

Octavia yang sempurna, anak kedua yang telah mereka lakukan dengan baik, setelah mengacaukannya. Orangtuanya tidak pernah mengatakannya dengan lantang, tapi Tacey tahu mereka pasti sudah memikirkannya. Jika mereka tahu setengah dari apa yang telah dilakukan Octavia, baik ketika dia masih tinggal di rumah maupun saat dia sudah pindah... tapi dia lebih suka membiarkan ibunya mempercayai kebohongan itu daripada mengkhianati kepercayaan Octavia.

"Tapi sekarang Octavia terlalu banyak bekerja, dia tidak punya waktu untuk membantumu merawat Rory. Jika kamu kembali ke rumah..." Ibu mulai dengan penuh harap.

"Rory sekolah lima hari seminggu sekarang, Bu. Dan Octavia hanya bekerja dengan kontrak sementara. Setelah selesai, dia akan kembali bekerja di kafe bersama saya di sela-sela mengembangkan game yang sedang dia kerjakan."

"Jika dia tidak banyak membantumu, mungkin dia sudah menyelesaikan game miliknya dan menjualnya dengan harga jutaan ke perusahaan game. Kamu tidak bisa mengandalkan bantuan kakakmu untuk segala hal, Tacita Bell. Dia punya kehidupannya sendiri untuk dijalani, kau tahu."

Seolah-olah Octavia tidak akan membiarkan Tacey menghalangi ambisinya. Octavia telah memilih properti tempat mereka membuka kafe karena ada studio yang sempurna di lantai atas. Tacey bersikeras untuk bekerja sesekali di kafe tersebut - tentu saja dengan bayaran, karena ia tidak terlalu pelit - dengan imbalan sewa gratis di lantai atas, dan Octavia langsung menyetujuinya. Jika Octavia ingin mengubah perjanjian itu, dia hanya perlu meminta. Karena itu, Tacey harus meminta izin Octavia apakah Rochelle boleh tinggal di sana sementara Octavia bekerja di lokasi tambang di utara. Jika yang tinggal di sana adalah orang lain selain Rochelle, Octavia mungkin tidak akan mengizinkannya, tetapi mereka berteman di universitas, bekerja sama dalam sebuah proyek film rahasia dengan mantan pacar Rochelle. Sampai dia sukses besar dengan saluran streaming videonya, dan membiarkan gadis-gadis itu menyelesaikan proyek tanpa bantuan darinya.

Rochelle jauh lebih baik bersama Ben, menurut pendapat Tacey.

"Apa kau mendengarkanku, Tacita Bell?" Ibu menuntut.

"Ya, Bu," Tacey berbohong.

Ibu memutar matanya. Dia mungkin bukan ibu yang sempurna - dan sebagai seorang ibu, Tacey tidak yakin apakah ada orang yang benar-benar bisa mengklaim gelar itu - tetapi dia tahu kapan Tacey tidak mengatakan yang sebenarnya. "Ayo siapkan meja untuk makan malam. Aurora membantu menyiapkannya, Anda tahu."

Rory memilih saat yang tepat untuk mulai mendengarkan percakapan mereka. "Jangan panggil aku begitu! Itu nama seorang putri! Aku bukan putri yang konyol! Aku akan menjadi pemburu hadiah terbaik di galaksi, dan aku bisa membawamu dalam keadaan hangat atau..."

Nah, itu salah satu cara untuk menghentikan langkah Ibu. Menenangkan Rory membutuhkan waktu dua puluh menit, selama itu makan malam hampir habis, dan saat semua makanan sudah tersaji dengan aman di atas meja, jika sedikit lebih matang dari biasanya, Mum sudah benar-benar lupa dengan ceramah yang ingin ia sampaikan.

Syukurlah.

LIMA

Wystan terbangun dalam kegelapan, merasa seperti anak kecil lagi, kembali ke sungai yang penuh dengan belut. Segala sesuatu di sekelilingnya menggeliat hingga ia hampir tidak bisa merasakan air sedingin es. Kemudian dia muncul ke permukaan, dan menyadari mengapa: dia tidak berada di dalam air, hanya lumpur. Dan makhluk-makhluk yang meronta-ronta dan menggeliat di sekelilingnya bukanlah belut, melainkan manusia, sama seperti dirinya.

Sampai mereka mengembangkan sayapnya dan terbang.

Tolong lindungi kami. TOLONG.

Wystan tidak yakin apakah kata-kata itu melayang tertiup angin atau bergema di dalam kepalanya sendiri, tapi dia tidak bisa menolak tarikan itu. Ia pun membuka sayapnya dan terbang.

Tunggu... dia punya sayap?

Dia berputar di udara, mencoba melihat benda-benda besar yang mengepak, dan hampir jatuh dari langit. Tanah datang begitu cepat, butuh kepakan yang kuat dan sebuah hentakan yang ia rasakan di dalam perutnya agar ia tidak jatuh. Yang lain berada jauh di depannya, tidak ada yang tersisa untuk dia lakukan ketika dia mencapai wanita itu.

Dan itu adalah seorang wanita. Dia tidak pernah bisa menahan teriakan feminin untuk meminta bantuan, bahkan ketika tidak ada yang bisa dia lakukan. Dia harus mencoba. Tidak dapat menghadapi dirinya sendiri di cermin jika dia tidak mencoba.

Akhirnya, dia berhasil menyusul yang lain - bertengger di puncak menara yang datar dan besar. Dia mengatakan bahwa itu adalah menara terbesar yang pernah dilihatnya, tetapi ketika kata-kata itu keluar dari bibirnya, semua itu bohong, karena menara ini tidak berdiri sendiri. Tidak, menara ini merupakan salah satu dari sekian banyak menara lainnya - semuanya dibangun berdekatan, dengan ukuran yang berbeda-beda, dengan lebih banyak jendela daripada dinding di sisi-sisinya, semuanya memantulkan cahaya lampu-lampu yang berjejer di jalanan di bawahnya.

Seperti Glasgow, hanya saja tertulis besar, lebih besar dari yang dia yakini sebelumnya. Dia menyipitkan mata ke arah lampu-lampu di bawahnya. Satu panel besar menyatakan bahwa tempat itu adalah sebuah kafe, yang didirikan pada tahun 2002.

Jadi, inilah yang terjadi ketika sebuah kota tumbuh selama lebih dari seratus tahun. Dia tidur dalam kegelapan. Kota itu tumbuh ke atas dan ke luar, sementara Wystan mengembangkan sayapnya.

Namun, bahkan ketika ia mendekati puncak menara, ia dapat merasakan tarikan, menjauh darinya. Wanita yang membutuhkan pertolongan tidak ada di sini.

Dia tidak bisa membiarkannya lepas dari jangkauannya. Dia hanya memiliki satu tujuan, dan itu adalah untuk melindunginya. Bahkan jika dia lari darinya. Dia harus menangkapnya, meskipun dia bergerak sangat cepat.

"Kalau begitu, terbanglah lebih cepat," katanya pada dirinya sendiri, saat yang lain mulai mengikuti benang yang sama yang menariknya. Benang yang menarik jauh di dalam dadanya, terikat erat di sekitar hatinya.

Enam

Tacey mendapati dirinya berada di dapur, sedang mengisi mesin pencuci piring, ketika Ibu memojokkannya lagi. "Ibu khawatir dengan kalian di rumah itu sendirian. Ibu akan merasa jauh lebih aman jika ada seorang pria di rumah itu, atau bahkan seekor anjing yang besar dan galak. Ayahmu mengenal seseorang yang mengembang-biakkan anjing pit bull yang bisa menjadi anjing penjaga yang baik. Mungkin jika kamu berbicara dengannya..."

"Ibu, kami baik-baik saja, dan Anda tahu ketentuan sewa Bell House tidak mengizinkan pria tinggal di sana. Hanya wanita. Selain itu, kita punya Callie, dan dia lebih menakutkan dari pria manapun yang kukenal. Apa aku sudah memberitahumu apa yang terjadi pada pria terakhir yang dikencaninya? Dia menghabiskan separuh waktu kencan mereka dengan mengirim pesan di ponselnya, lalu bersikap kasar pada pelayan, jadi pelayan itu mengubah bahasa di ponselnya menjadi bahasa Mesir Kuno saat dia berada di kamar mandi. Setelah dia mengatur ponselnya ke mode senyap, jangan ganggu. Oh, dan dapur secara tidak sengaja membuat makanannya menjadi ekstra pedas, sehingga mata dan hidungnya berair sangat parah di akhir kencan, dia bahkan tidak menyadari saat wanita itu pergi. Jika ada yang berani mencelakai Callie, seluruh alam semesta bersekongkol untuk menghukumnya." Tacey memiliki pemikiran yang mengerikan - bagaimana jika patung gargoyle itu dulunya adalah seorang pria sungguhan yang telah berubah menjadi batu? Callie mengatakan sihir dan ilmu sihir tidak ada, tapi dengan cara dia mengancam untuk mengutuk orang, Tacey tidak pernah yakin apa yang harus dipercaya. Lalu ada ritual pemanggilan setan di pemakaman. Mungkin lebih baik satpam itu menyela mereka, karena dia pasti merasakan sesuatu terjadi. Jika mereka berhasil menyelesaikan mantranya, siapa yang tahu apa yang akan terjadi? Apakah iblis yang sebenarnya akan muncul? Apa yang akan mereka lakukan jika itu terjadi?

Ibu menggeleng-gelengkan kepalanya. "Apa kamu berbicara tentang sepupumu Callie? Yang bekerja di universitas, dan tidak tumbuh satu senti pun sejak dia berusia dua belas tahun? Matt akan mematahkannya menjadi dua tanpa berkedip untuk mendapatkanmu."

Tacey menghela napas. "Bu, Matt ada di penjara, di tempat yang seharusnya. Dia mungkin mengalami waktu yang cukup buruk di sana tanpa salah satu kutukan Callie."

Mulut ibu ternganga. "Maksudmu kamu belum dengar? Dia punya pengacara baru yang hebat, yang mengajukan banding atas hukumannya, dan dia dibebaskan. Dibebaskan dari semua tuduhan. Itu sudah ada di seluruh berita."

Kali ini, rahang Tacey ternganga. "Anda tidak mungkin serius. Dia bahkan belum menjalani setengah dari hukumannya. Dia bahkan tidak akan bebas bersyarat sampai... sampai Rory lulus sekolah dasar!"

Ibu menggelengkan kepalanya. "Dia sudah ada di seluruh berita, mengatakan bagaimana keadilan telah ditegakkan. Dia jauh lebih besar sekarang, setelah sekian lama di penjara. Seperti seorang binaragawan."

Tacey bergidik. Matt selalu menyukai olahraga, tapi bukan untuk membentuk otot. Mungkin dia perlu melakukannya untuk bertahan hidup di penjara. Dan di sini dia berharap dia akan menjadi seorang bikers jalang dan... sekarang dia bebas?

Untuk satu saat yang gila, dia berharap mantra Callie di pemakaman benar-benar berhasil, sehingga dia bisa meminjam pelindung iblis Alethea untuk berjaga-jaga di luar rumahnya.

Lalu dia mengguncang dirinya sendiri. Matt bahkan tidak tahu di mana dia tinggal. Dia tidak akan berbaring menunggunya di depan pintu.

Setidaknya itulah yang dia katakan pada dirinya sendiri.

Dia mengeringkan tangannya di atas tisu dapur, sambil memaksakan senyuman yang tenang untuk kepentingan ibunya. "Terima kasih untuk makan malamnya, Bu, dan untuk menjaga Rory. Aku mungkin harus mengantarnya pulang sekarang." Dia melangkah ke ruang santai, di mana Rory dengan sengaja mengabaikan film kartun Disney dan memilih untuk bermain Lego di atas karpet. Tentu saja dia sedang membangun semacam kapal luar angkasa. "Ayo, Rory. Waktunya pulang."

Rory melompat berdiri. "Bolehkah kita membawa Lego ini agar aku bisa menyelesaikan pembuatan kapalku?"

"Tidak, Lego harus tinggal di sini bersama Nenek. Dia akan merawat kapalmu dengan baik, dan akan ada di sini menunggumu saat kamu kembali."

Rory cemberut, tapi dia tetap datang dengan sigap. "Kurasa aku belum bisa menerbangkannya, jadi aku masih punya waktu untuk membuat kapal luar angkasa terbaik yang pernah ada. Kamu jaga baik-baik ya, Nenek!"

Ibu berjanji akan melakukannya, jadi dengan ciuman dan pelukan terakhir, Tacey berhasil menggiring Rory keluar dari pintu dan masuk ke dalam mobil.

TUJUH

Jika Anda mau membantu saya...

Suara itu terdengar seperti bisikan angin, tetapi Wystan mendengarnya dari sudut pandangnya di atap. Dia hampir bisa merasakan rasa frustasinya, seolah-olah itu adalah rasa frustasinya sendiri. Tapi itu adalah perintah yang tidak bisa dia abaikan, jadi dia menyelinap melalui dinding ke tempat di mana dia bisa menemukannya, dan menolongnya.

Hanya untuk menemukan dirinya berada di ujung runcing pedang yang hampir sebesar orang yang memegangnya.

"Aku bisa membawakanmu makanan hangat atau aku bisa membawakanmu makanan dingin, monster!" kata gadis bertubuh tambun itu sambil memperlihatkan giginya.

Bagaimana seseorang yang begitu kecil bisa memegang pedang yang begitu besar...

Wystan menyentuhkan jarinya ke bagian bawah pisau. Rasanya lebih hangat dari logam. Lebih mirip kayu berlapis perak, tapi kayu yang sangat ringan...

Gadis itu mengangkat pedang dan menghantamkannya ke tangannya dengan kekuatan yang cukup untuk membuat pukulan itu benar-benar menyengat. Sedikit, setidaknya.

"Itu tidak ada apa-apanya dibandingkan dengan apa yang akan dilakukan ibuku padamu jika dia melihatmu di sini! Tidak boleh ada monster di dalam rumah!" bentaknya.

Wystan memiringkan kepalanya. "Jika Anda tidak menginginkan bantuan saya, mengapa Anda memanggil saya?"

Matanya membelalak. "Anda di sini untuk membantu saya?"

"Anda meminta bantuan saya, jadi saya datang. Saya terikat untuk melindungi..." Wanita berambut merah, hampir saja dia berkata, karena itulah yang dikatakan orang lain kepadanya, dan dia tahu itu benar. Namun dia telah mendengar panggilan anak itu dan menjawabnya sebagai sebuah perintah. "Ini adalah tugas saya," dia menyelesaikannya.

Sekarang matanya menyipit. "Jadi kamu bukan monster, kalau begitu?"

Dia menunjuk ke arah sayapnya. "Saya adalah seperti yang Anda lihat." Dalam bentuk yang mengerikan dengan sayap dan tanduk serta ekor, seperti yang lainnya.

Gadis itu mengunyah bibirnya. "Ibu bilang monster datang dalam berbagai bentuk dan rupa. Yang terburuk terlihat seperti orang normal, jadi kamu tidak akan mengira mereka monster sampai mereka mencoba menyakitimu. Dan beberapa orang terlihat menakutkan, tapi sebenarnya mereka sangat baik. Melindungi orang lain itu menyenangkan, bukan?" Sekarang dia tampak tidak begitu yakin dengan dirinya sendiri, dia menurunkan pedangnya.

"Anda tidak boleh menurunkan senjata Anda, kecuali Anda yakin lawan Anda tidak akan menyakiti Anda," kata Wystan, sambil menarik pedang itu ke atas untuk mengarahkannya lagi. Ya, pedang itu ringan dan tidak terlalu tajam. Paling buruk, jika digunakan dengan cukup kuat, mungkin akan memar. "Tapi aku tidak akan melukaimu, atau membiarkan siapa pun melukaimu. Itulah tugas seorang pelindung."

Gadis itu menganggguk perlahan. "Itulah sebabnya kau diizinkan masuk ke dalam rumah. Kamu adalah pelindung monster yang baik."

Dia tidak bisa membantahnya. "Saya."

Seseorang mengetuk pintu. "Rory? Apa kamu sudah siap untuk tidur?"

Kepanikan berkobar di mata gadis itu, dan dia hampir menjatuhkan pedangnya. "Saya baru saja menyelesaikan latihan pedang saya, Ibu!"

"Cukup latihan untuk malam ini. Kamu punya waktu satu menit untuk memakai baju tidurmu, atau lampu akan dipadamkan!" Ibu memanggil dari balik pintu.

"Ya, Mummy!" Kemudian gadis itu memelankan suaranya menjadi bisikan. "Kamu harus pergi sekarang juga, sebelum Ibu datang. Jika dia melihatmu, dia akan memanggil Bibi Callie dan Bibi Octavia dan mereka tidak akan peduli apakah kamu monster yang baik atau monster yang jahat, mereka akan mengusirmu dari rumah. Cepat, sembunyi!" Dia mendorongnya ke arah lemari pakaian.

Wystan mengizinkannya untuk mendorongnya ke dalam lemari pakaian. Dia meraih pintu dan mulai menutupnya, sebelum dia berubah pikiran dan mengulurkan pedangnya. "Ini. Jadi kamu bisa melawan monster jahat, jika mereka datang."

Dia menerima persembahannya dengan semangat yang diberikan, tidak ingin mengatakan kepadanya bahwa pukulan dari tinju batu hidupnya akan memberikan kerusakan yang jauh lebih besar daripada senjata tipisnya.

"Waktunya habis!"

Pintu terbanting terbuka saat kegelapan menyelimuti Wystan sekali lagi.

Delapan

Tacey berharap menemukan Rory masih mengenakan pakaian sehari-harinya, tapi yang mengejutkan, dia justru mengenakan baju tidur bayi Yoda. Yang lebih ajaib lagi, ia tidak memegang pedang plastik yang dibelikan Octavia untuknya.

"Di mana pedangmu?" Tacey bertanya, sambil membaringkan tubuhnya di tempat tidur.

"Di dalam lemari." Rory mengunyah bibirnya, menatap pintu lemari. Kemudian, dengan terburu-buru, dia melanjutkan, "Ada monster di dalam sana dan dia bilang dia ada di sini untuk melindungi kita, tapi..." Bibir bawahnya bergetar, seperti ingin menangis tapi dia berusaha keras untuk tidak melakukannya.

Tacey mengangkat tangan. "Apa aturan tentang monster?"

Rory bangkit berdiri. "Tidak ada monster yang diizinkan masuk ke dalam rumah!"

"Apakah mereka diperbolehkan masuk ke dalam lemari?"

"Tidak!"

Jika monster Rory benar-benar ada, Tacey merasa sangat menyesal sekarang.

"Jadi apa yang harus kita katakan pada monster yang berani masuk ke rumah kita?" Tacey bertanya.

Rory menyunggingkan seringai liar. "Pada hitungan ketiga, Mummy?" Mendengar anggukan Tacey, dia mulai menghitung: "Satu, dua, TIGA!"

"Keluar dari rumah ini, monster, kamu tidak diterima di sini. Atau kami akan menendang Anda dengan keras, Anda akan merasakan kaus kaki selama seminggu!" teriak mereka bersama-sama.

Rory terkikik. "Saya masih lebih suka ketika kami mengatakan kami akan menendangnya di bagian bawah."

Ya, begitu juga dengan Tacey, sampai guru Rory mengeluh karena dia mengancam salah satu anak kecil di kelasnya dengan tendangan yang pantas karena telah mencuri barang-barangnya. Jadi, kaus kaki itu.

"Haruskah kita periksa apakah dia sudah pergi?" Tacey bertanya sambil meraih gagang pintu.

Biasanya, Rory sangat bersemangat untuk melakukan bagian ini, tapi sekarang dia tampak enggan. "Apakah kamu benar-benar akan menendang pantatnya, Mummy? Monster yang satu ini adalah monster yang baik, meskipun dia tidak terlihat sangat baik..."

Pertama, dia menginginkan pelindung iblis, dan sekarang Rory membayangkannya. Ini harus dihentikan.

Tacey membuka pintu lemari.

Sembilan

Wystan memperhatikan ibu berambut merah itu dari dalam dinding. Dia hanya perlu mengulurkan tangan dan dia bisa menyentuh wajahnya yang kebingungan saat dia mengamati pakaian putrinya untuk mencari tanda-tanda monster yang diceritakan putrinya.

Monster yang dia perintahkan untuk keluar dari rumahnya. Perintah yang ingin sekali dipatuhi Wystan, tak peduli seberapa besar keinginannya untuk tetap tinggal.

Kemudian wanita itu mengambil pedang dari lantai lemari dan mengacungkannya dengan tekad yang sama kuatnya dengan putrinya. "Dan jika aku melihatmu kembali ke sini lagi, monster, bukan hanya kakiku yang akan bersentuhan dengan pantatmu!"

Gadis kecil itu... Rory? Nama yang aneh untuk seorang gadis, tapi dia pasti pernah mendengar ibunya memanggilnya seperti itu. Rory larut dalam tawa di tempat tidur, dan ibunya melemparkan senyum kecil sebelum meletakkan pedang dan menutup pintu lemari.

Sang ibu menidurkan putrinya, dan dia menuju ke atap, menuruti paksaan yang berteriak di kepalanya. Baru setelah sampai di atap, dia membiarkan dirinya rileks. Sang ibu yang telah memanggilnya ke pemakaman, dia yakin akan hal itu, tetapi sihir apa pun yang telah mengikatnya membuatnya menjawab perintah putrinya juga.

Jika putrinya sendiri masih hidup... apakah dia akan seberani atau semenarik Rory? Dia pasti akan menyukainya jika memang begitu.

Sedangkan ibu Rory sangat berapi-api dibandingkan dengan kelembutan Effie. Effie mungkin akan menyiapkan sepiring susu untuk monster itu. Dia pasti tidak akan mengancamnya dengan tendangan di pantat.

Dia menahan tawa. Dia ingin melihat ibu Rory mencobanya.

Ah, tapi dia tidak akan pernah mengizinkannya, karena jika dia berhasil menendang bagian manapun dari anatominya, kemungkinan besar kakinya akan terluka. Batu hidup jauh lebih keras daripada daging manusia. Dan dia terikat untuk melindunginya dan putrinya.

Jadi dia akan tinggal di atas atap, menuruti kemauannya, dan menjelajah ke dinding salah satu bangunan luar di siang hari. Jika dia atau Rory membutuhkan bantuannya, mereka bisa memanggil dan dia akan menjawab.

Dia akan tetap berada di dekatnya untuk mengawasinya. Ini adalah rumah para wanita, tanpa ada pria yang melindungi mereka sampai dia dan kaumnya dipanggil. Apakah itu sebabnya mereka dipanggil? Karena para wanita membutuhkan pelindung? Apakah ada bahaya yang mengintai di sini, tak terlihat?

Sejauh ini tidak ada yang membuatnya berpikir demikian, tapi mungkin waktu yang akan menjawabnya. Dia tidak akan percaya bahwa dia akan kehilangan Effie karena sesuatu yang biasa seperti melahirkan anak pertama mereka.

Dan sekarang di sinilah dia, terikat untuk melindungi seorang ibu dan anak, ketika dia gagal melindungi keluarganya sendiri. Takdir telah memberinya kesempatan kedua, dan dia tidak akan gagal kali ini. Apapun yang akan terjadi di masa depan untuk Rory dan ibunya, dia akan menjaga mereka tetap aman. Bagaimanapun juga, Rory dan ibunya telah selamat dari kelahiran gadis itu. Bahaya lainnya, dia bisa mengatasinya.

Bahkan jika ia harus mengawasinya dari atap dan bangunan luar.

Ia tidak membutuhkan atap di atas kepalanya lagi. Bagaimanapun juga, dia terbuat dari batu yang hidup.

Seolah-olah ingin menguji tekadnya, awan di atasnya memutuskan bahwa inilah saatnya untuk turun hujan.

Wystan mengangkat matanya ke langit. Dia adalah seorang gargoyle. Orang-orang telah menempatkan gargoyle di bangunan mereka untuk melindungi mereka dari hujan selama berabad-abad. Dia akan bertahan.

Kemudian hujan es mulai turun, dan Wystan mengeluarkan sumpah serapah yang tidak pantas didengar oleh wanita mana pun.

SEPULUH

"Selamat malam, Rory," kata Tacey sambil menutup pintu kamar tidur putrinya.

"Selamat malam, Mummy," gumam Rory dari seberang sana.

Tacey langsung merasa bersalah. Dia mungkin seharusnya tidak membiarkannya begadang, menonton TV bersama Octavia, tapi dia sangat menyukai serial itu, dan itu adalah satu-satunya kesempatan baginya untuk bertemu dengan Octavia, apalagi dengan pekerjaannya di lokasi tambang selama berminggu-minggu. Bahkan Octavia tadinya tidak ingin mengambil kontrak itu, tapi ketika Ibu melarangnya, karena terlalu berbahaya, itu sudah cukup untuk mengubah pikirannya. Bukan karena pekerjaan itu berbahaya, tetapi karena Ibu telah mengatakan untuk tidak melakukannya.

Jadi, ketika Rory ingin menghabiskan waktu bersama Bibi Octavia... tidak. Tacey tidak bisa menolak. Bahkan jika dia harus sekolah besok. Tapi kemudian ada jangkrik di wastafel kamar mandi, jadi Rory tidak akan menggosok giginya sampai jangkrik itu hilang, dan menangkap jangkrik itu jauh lebih sulit daripada yang terlihat. Sayang sekali kucingnya tidak ada di sana untuk menanganinya. Dan kemudian Rory tertawa terbahak-bahak hingga tak sengaja meludahi bagian depan baju tidur bayi Yoda, dan satu-satunya baju tidur yang masih bersih adalah baju tidur Moana yang didapatnya saat Natal, yang saat itu ia sukai, tapi sekarang ia berteriak marah-marah saat dipaksa memakainya karena Moana adalah seorang putri, dan Tacey sudah memberitahunya bahwa ia bukan seorang putri, dan...

Tacey bersandar ke dinding, berharap dia bisa meluncur ke lantai dan tertidur di atas karpet. Jika dia melakukannya, dia mungkin akan terbangun dan mendapati patung gargoyle Callie menjulang di atasnya, memberinya pemandangan yang bagus dari bagian bawah bagian tubuhnya yang menggantung.

Kecuali sepertinya Callie telah menyembunyikan patung itu. Di kamarnya, kemungkinan besar, kecuali jika dia membawanya ke pesta pernikahan. Selama patung itu tidak memamerkan kemuliaan maskulinnya yang telanjang di mana Rory dapat melihatnya, di mana pun Callie meletakkannya tidak masalah baginya.

Ah, tapi dia belum bisa tidur. Dia masih harus berbelanja, dan toko-toko hanya buka satu jam lagi. Dia telah menulis daftar semua hal yang mereka butuhkan di sela-sela memasak makan malam, dan Octavia telah mengatakan bahwa dia akan menambahkan apa yang dia butuhkan ke dalam daftar itu saat Tacey menidurkan Rory, tapi Octavia belum menulis apa pun.

"Octavia! Kesempatan terakhir untuk menambahkan barang ke dalam daftar belanjaan, karena aku akan pergi!" Tacey memanggil, berusaha untuk tidak terlalu keras.

Tidak ada jawaban.

Dan tidak ada tanda-tanda Octavia di salah satu ruang utama rumah, atau kamar tidurnya.

"Octavia!"

Masih belum ada jawaban.

Sambil mengumpat, agar Rory tidak mendengarnya, Tacey mengambil ponselnya untuk dimasukkan ke dalam tas. Hanya saja, ia disambut oleh sekumpulan pesan yang berkedip dan ikon panggilan tak terjawab.

Sial. Dia menelusuri pesan-pesannya, yang sebagian besar adalah peringatan tentang pesan suara. Apa yang salah dengan orang-orang? Tidak bisakah mereka mengirim pesan teks sederhana, alih-alih membuatnya mendengarkan mereka terus menerus?

Pada saat dia telah mendengarkan semua pesan itu, dia siap untuk mencekik Octavia. Dia membutuhkannya di sini, di rumah, untuk tinggal bersama Rory, seperti yang telah dijanjikannya, sementara Tacey pergi keluar.

Dia mungkin sedang melakukan yoga di taman lagi. Atau mengamati bintang. Atau sesuatu yang menyita seluruh perhatiannya sehingga dia bahkan tidak mendengar kakaknya memanggil namanya.

Pada saat-saat seperti inilah, Tacey berharap dia tidak menjadi orang tua tunggal. Bahwa ia memiliki pasangan, seseorang yang dapat ia andalkan ketika ia membutuhkan BANTUAN...

Sejenak, ia memejamkan mata dan berharap, mengirimkan permohonan kepada alam semesta bahwa ada seseorang di luar sana seperti salah satu pahlawan dalam buku-buku roman Callie, pahlawan yang akan menjaganya dan mendukungnya saat ia mengejar mimpinya.

Hanya satu orang, di antara jutaan orang.

Yang mungkin tidak akan pernah ia temui, atau bahkan tidak akan mengenalinya jika ia bertemu dengannya, karena ada lebih banyak pria seperti Matt di dunia ini daripada pahlawan yang sempurna.

Namun... dia bisa melihat lampu di jalan masuk yang berkelok-kelok. Sebuah mobil menuju ke arah Bell House.

Apakah pahlawan romansa yang sempurna mengambil jalan yang salah yang ternyata benar?

Tacey menahan napas, saat mobil itu mulai terlihat.

Sialan Octavia dan hatchback mungilnya.

"Dari mana saja kamu?" Tacey menuntut, berjalan menuju mobil bahkan sebelum Octavia menghentikannya. "Kamu bilang kamu akan tinggal di sini dan menjaga Rory malam ini, dan aku harus..."

"Oh, saya sedang berada di kafe. Manajer backpacker menelepon untuk mengatakan bahwa telah terjadi pembobolan dan polisi ada di sana, dan Anda sedang sibuk menidurkan Rory, jadi saya mengangkat telepon dan pergi untuk melihat apa kerusakannya. Sepertinya mereka memanjat melalui jendela lantai atas, lalu langsung menuju kasir, dan ketika mereka melihat kasir sudah kosong, mereka menghancurkan salah satu lemari kue di meja, lalu pergi. Saat saya tiba di sana, petugas forensik polisi sudah memeriksa sidik jari, tapi dia mengatakan bahwa dia tidak berharap untuk menemukan sidik jari kecuali sidik jari staf Anda, karena hanya ada noda sarung tangan di jendela di lantai atas, jadi pencuri Anda mungkin mengenakan sarung tangan." Octavia menutup pintu mobil dan menguncinya dari belakang. "Namun, jangan khawatir. Saya sudah menyapu kaca, dan seseorang akan datang untuk memperbaiki jendela besok pagi." Dia melirik ke arah jam tangannya. "Apa kamu tidak perlu berbelanja? Toko-toko akan tutup dalam waktu kurang dari satu jam, dan kamu tahu bagaimana keadaan Callie jika dia tidak sarapan."

Tacey tidak bisa menutup mulutnya. Sial, Octavia adalah saudara perempuan terbaik di dunia. Tacey melingkarkan tangannya di sekelilingnya dan memeluknya dengan erat. "Kamu adalah yang terbaik, kamu tahu itu? Aku tidak tahu bagaimana aku bisa bertahan tanpamu."

Octavia menahan pelukan itu, lalu dengan lembut melepaskan Tacey dari pelukannya. "Kamu tidak akan mau, dan kita berdua tahu itu. Oh, dan aku tahu kau bilang aku harus memasukkan apa yang kuinginkan ke dalam daftar, tapi ... sejujurnya, yang kuinginkan hanyalah masakanmu, untuk menghapus rasa semua makanan kamp dari ingatanku. Bahkan masakan eksperimental terburukmu yang gagal pun akan terasa lebih enak dari itu."

"Tidak ada yang seburuk burrito cokelat cabai," kata Tacey, lidahnya masih terasa panas saat mengingatnya.

"Saya suka itu. Tentu saja, mereka mungkin akan lebih enak dengan sedikit bumbu, tapi Callie membuat margarita yang lebih dari cukup untuk memadamkan api. Saya rasa ini saatnya untuk mencoba lagi. Mungkin jika Anda membuat versi yang aman untuk Rory, rasanya akan sangat enak, Anda akan menyajikannya untuk makan siang di kafe Anda sebelum Anda menyadarinya. Maksud saya, siapa yang akan menolak makan siang dengan cokelat?"

Setiap ibu yang bijaksana yang memiliki anak perempuan seperti Rory, pikir Tacey tetapi tidak mengatakannya. "Baiklah, saya akan bergegas ke toko. Rory ada di tempat tidur dan seharusnya dia sudah tidur, tapi jika dia bangun..."

Octavia melambaikan tangannya. "Ya, ya, saya tahu. Minum air, pergi ke toilet, apa pun, langsung kembali ke tempat tidur dan tidak ada lagi TV sampai besok. Baik untuknya maupun untukku. Aku ingin bertukar pikiran tentang beberapa ide baru untuk proyek VR yang akan kukerjakan besok. Anda tidak keberatan saya bekerja di lantai atas minggu ini, bukan? Rochelle sudah memindahkan semua barangnya, jadi saya tidak akan menghalanginya."

Tacey menganggukk secara otomatis. Dia tidak mengerti mengapa proyek VR Octavia begitu penting baginya, tetapi jika ruang di atas kafe adalah harga yang harus dibayar untuk semua bantuannya kepada Rory dan kafe, Tacey tidak bisa menolak.

"Kalau begitu, pergilah dan belanjalah!" Kata Octavia sambil mengusir Tacey ke arah mobilnya.

Terkadang Tacey bertanya-tanya siapa di antara mereka yang seharusnya menjadi kakak yang lebih tua dan lebih terorganisir. Tapi saat ini, dia tidak peduli.

Sebelas

Kali ini, Wystan tidak hanya mendengar panggilan itu, tetapi juga merasakannya di dalam tulang-tulangnya, menyeretnya turun dari atap dan masuk ke dalam taman. Hanya saja, ia memaksa dirinya untuk berhenti dalam bayangan di beranda, menarik napas untuk menguatkan diri sebelum ia menampakkan diri padanya. Dia tidak boleh mengacaukan hal ini, atau dia akan mengusirnya ke atap lagi. Untuk melindunginya, dia harus membiarkan pria itu tetap dekat, tanpa dinding di antara mereka.

Yang berarti dia harus membuat kesan yang cukup baik untuk membuatnya mempertimbangkan kembali aturan tidak boleh ada monster di dalam rumah. Atau setidaknya untuk membuatnya menjadi pengecualian dari aturan itu...

Ini akan membutuhkan pembicaraan yang sangat mewah, yang sebenarnya bukan kekuatannya. Seumur hidupnya dia adalah seorang petani, dan petani sama sekali tidak mewah. Sial, dia berharap Effie ada di sini untuk membantunya sekarang.

Cahaya terang yang kuat membutakannya, bergerak ke atas kereta. Itu adalah salah satu kereta tanpa kuda yang sepertinya dimiliki oleh para gadis ini, dengan adik perempuan berambut merah di belakang kemudi. Tacey, namanya, dia tahu, meskipun dia menduga itu adalah nama hewan peliharaan untuk sesuatu yang lain. Lagipula, nama saudara perempuannya adalah Octavia, jadi orang tua Tacey pasti memberinya nama yang sama formalnya dan terdengar seperti bahasa Latin.

Kemudian, dia memanggil putrinya Rory...

Kedua wanita itu berbicara tentang perampokan di sebuah kafe. Tempat Tacey bekerja, dia menduga, jika di sanalah dia pergi pagi-pagi sekali, sebelum orang lain di rumah itu bangun.

Mungkin di sanalah dia membutuhkan perlindungan, bukan di rumah yang dia tinggali bersama anak perempuan dan saudara perempuannya. Oh, dan penyihir itu, yang menghilang bersama Grant. Jika dia mengharapkan masalah dari siapa pun, itu adalah mereka berdua, tapi dengan kepergian mereka, rumah ini begitu tenang, dia tidak bisa mengerti mengapa Tacey membutuhkan pelindung.

Jadi setelah Tacey kembali dari perjalanan belanjanya, dan dia dan saudara perempuannya beristirahat di malam hari, dia mengawasi dan m enunggu...yah, sesuatu terjadi, dan ketika tidak terjadi, dia meneguhkan tekadnya. Ketika Tacey berangkat kerja di pagi hari, dia akan pergi bersamanya ke kafe, dan mengawasinya di sana.

Bulan masih tinggi di langit, tanpa ada tanda-tanda fajar menyingsing, ketika Tacey berangkat dengan kereta kudanya keesokan harinya. Dia tampaknya tidak menyadari adanya bentuk terbang di atasnya, bahkan ketika dia berhenti di lampu merah yang tampaknya menandakan suatu peringatan yang tidak dimengerti Wystan.

Akhirnya, ia menarik keretanya di depan jendela kaca Shut Up Café. Wystan hanya bisa menatap. Dia tidak bisa membayangkan ada orang pada masanya yang mengizinkan kafe dengan nama yang kasar seperti itu untuk berdiri, apalagi mengumumkan namanya pada semua orang dengan papan nama yang terang benderang menghadap ke jalan, tapi inilah dia.

Bagian dalamnya gelap saat dia memutar kunci gembok dan membuka pintu, menyelinap dengan cepat ke dalam sebelum membanting pintu di belakangnya, seolah-olah dia tidak ingin pria itu mengikutinya.

Wystan tidak keberatan. Sebenarnya, dia sudah menduga harus menjaga jarak, jadi dia sudah mengambil sudut pandang di atas gedung di seberang jalan dari kafe, di samping patung gargoyle jongkok dengan ekspresi sombong yang tak terkatakan. Wystan tergoda untuk menjatuhkannya dari atap untuk menghantam jalan di bawahnya, tetapi ia menahan diri. Lebih baik tidak mengingatkan siapa pun akan kehadirannya yang sedang berjaga-jaga.

Ketika langit mulai terang, ia menyeberang jalan dan menyelinap di antara dinding kafe, sehingga ia dapat terus mengawasinya di siang hari.

Dia memperhatikannya... dan dia tidak bisa mengalihkan pandangannya dari Tacey. Tacey bukanlah seorang karyawan biasa, melainkan pemilik kafe, yang melayani semua orang mulai dari pekerja biasa yang mengenakan pakaian kotor hingga pria-pria mewah dengan setelan formal. Lebih aneh lagi, dia melayani mereka semua dengan cara yang sama, membuat semua orang mengantre untuk dilayani seolah-olah setiap pria atau wanita yang datang ke tempat usahanya adalah sama. Dan cara dia melayani mereka... seperti berada di rumah sendiri, dan mereka adalah tamunya, bukan pelanggannya. Untuk pertama kalinya, dia teringat akan Effie, meskipun Tacey tidak terlihat seperti dia. Semua garis keras hingga kelembutan Effie, dan tinggi seperti seorang pria, di mana Effie hampir tidak mencapai bahunya.

Oh, dan Tacey bisa memasak... aroma lezat yang tercium dari dapurnya sudah cukup untuk membuat air liur gargoyle pun menetes. Syukurlah dia berada di dalam tembok saat itu, atau dia akan meninggalkan genangan air yang besar di penghujung hari. Muffin, kue, biskuit, dan segala macam makanan gurih, di samping secangkir demi secangkir kopi yang aromanya lebih enak daripada minuman apa pun yang pernah dia minum.

Ribuan kali, ia mendapati dirinya ingin keluar dari tempat persembunyiannya. Untuk memperkenalkan dirinya sebagai pelindungnya. Untuk meminta secangkir kopi, meskipun hanya untuk menghirup aromanya, karena dia tidak perlu meminumnya. Atau berjalan ke konter, menatap matanya dan memohon padanya untuk mempertimbangkan kembali peraturannya tentang monster, karena tentunya pemilik kafe yang memperlakukan setiap orang sama, baik kelas atas maupun kelas bawah, dapat menemukan dalam hatinya untuk bersikap sopan pada orang seperti dia...

Tapi dia menolak, dan tetap berada di dalam tembok, sampai akhirnya matahari terbenam dan dia menempatkan dirinya di atap tetangga lagi, karena dengan jarak yang jauh, sedikit lebih mudah untuk menahan godaan. Belum lagi di atas sini, dia diingatkan bahwa gargoyle yang jongkok dan sombong itu mengawasi setiap gerakannya, menghakimi.

Ketika malam tiba, dia mengikuti kereta Rory ke sekolah Rory, di mana dia menjemput gadis itu sebelum pulang ke rumah yang ditempatinya bersama saudara perempuannya. Ia sama sekali tidak menyadari bahwa ada seorang pelindung yang mengikuti dan mengawasinya.

Siang dan malamnya menjadi sebuah pola, mengikuti Tacey ke tempat kerja dan pulang ke rumah, mengawasinya di malam hari sebelum pergi ke kafe bersamanya sebelum fajar menyingsing. Itu adalah kehidupan yang nyaman, menjadi pelindung Tacey, karena hanya ada sedikit hal yang harus dilakukan untuk melindungi. Yang dia lakukan hanyalah berjaga-jaga, dan menunggu.

Hingga suatu pagi... dia mengetahui mengapa dia dipanggil.

Dua Belas

Tacey tidak yakin apa yang salah dengan dirinya minggu ini. Dia melompat saat mendengar suara sekecil apa pun, dan dia berani bersumpah bahwa dia merasa ada yang mengawasinya setidaknya selusin kali dalam sehari, tetapi ketika dia melihat ke sekeliling, dia tidak bisa melihat siapa pun yang memberikan perhatian khusus padanya. Namun, ia tidak membiarkan hal itu meredupkan kebanggaannya terhadap pekerjaannya, entah itu memasak, menyeduh, menyajikan, atau mengerjakan buku-buku, yang telah ia tunda hingga Sabtu pagi, tetapi ia tahu ia tidak bisa menunggu lebih lama lagi.

Selain itu, ia juga perlu mengetahui posisi keuangannya. Pandemi telah menutup kafenya selama berminggu-minggu, dan bahkan dengan bantuan pemerintah, mereka nyaris tidak bisa bertahan hingga diizinkan untuk buka kembali. Itu tidak membantu karena masih sulit untuk mendapatkan persediaan paling dasar. Apa yang membuat orang-orang terjebak di rumah dan ingin membuat roti sendiri? Kekurangan tepung dan ragi tidak lagi menjadi perhatian mereka karena mereka sudah kembali bekerja dan bersekolah, tetapi setiap toko roti dan kafe berjuang untuk mendapatkan pasokan yang cukup, dan para pemasok menaikkan harga, tanpa alasan lain selain untuk meningkatkan margin keuntungan mereka sendiri dengan mengorbankan para pemilik bisnis yang sudah berjuang.

Ooh, seandainya dia yang bertanggung jawab atas tindakan darurat dan bukannya seorang perdana menteri yang bodoh itu...

Tacey menggelengkan kepalanya. Dia mengelola sebuah kafe, bukan sebuah negara, dan bahkan itu pun merupakan sebuah perjuangan yang berat. Terutama hari ini, saat dia harus bekerja dan mengurus Rory. Untungnya, Rory dengan senang hati berada di lantai atas dengan beberapa perlengkapan seni, beberapa pilihan muffin dan cokelat panas, jadi dia punya waktu untuk menyelesaikan keuangan bulan ini sebelum Rory membutuhkan yang lain.

Dia menambahkan semuanya, dan kemudian memeriksanya sekali lagi, hanya untuk memastikan. Setelah itu, barulah dia duduk dan membiarkan dirinya tersenyum.

Akhirnya, kafe itu kembali ke jalurnya. Kafe ini baru saja dibuka kembali beberapa minggu yang lalu, dengan ekspektasi yang rendah dan tidak tahu seberapa baik perkembangannya, namun jika angka-angka ini benar - dan memang seharusnya begitu, ia sudah memeriksanya dua kali - minggu terakhir ini sebenarnya lebih menguntungkan daripada minggu-minggu sebelum pandemi dimulai. Jika ia dapat mempertahankan hal ini, atau bahkan mengembangkan bisnisnya, ia akan memiliki deposito rumah pada akhir tahun. Bahkan mungkin cukup besar untuk membeli rumah dengan halaman belakang yang tidak dipenuhi ular seperti Bell House, di mana Rory dapat memiliki halaman dan bermain di luar. Atau, lebih baik lagi, sebuah taman di dekatnya dengan halaman rumput yang dirawat oleh dewan, sehingga Rory masih bisa memiliki halaman dan Tacey tidak perlu memotongnya.

Dia bisa bermimpi, bukan?

Namun, ia membutuhkan lebih dari satu bulan yang menguntungkan untuk mewujudkannya. Bulan ini, bulan depan, bulan berikutnya, dan bulan berikutnya lagi, hingga tahun depan, atau kapanpun ia benar-benar mengajukan KPR. Kemudian ia masih harus menjaga agar kafe tetap berjalan sehingga ia bisa membayar cicilan hipot ek...

Yang berarti perencanaan bisnis yang baik, berdasarkan data bulan ini, untuk bulan depan.

Membuat daftar, memesan, meramalkan, merencanakan menu...

Tacey tidak yakin apakah sudah berjam-jam atau hanya beberapa menit kemudian ketika dia mendengar seseorang membunyikan bel di konter untuk pelayanan. Aneh sekali, karena Rochelle ada di luar sana pagi ini, dan Rochelle adalah salah satu staf terbaiknya. Lebih baik daripada Octavia, bahkan, karena Rochelle adalah ahli dalam seni latte, dan jika ada satu hal yang lebih disukai pelanggan Tacey daripada kopi yang diseduh dengan baik, itu adalah kopi yang diseduh dengan baik. Jika saja dia bisa membujuk Ben untuk menuangkan beberapa karya seninya di atas buih susu dan juga di atas kertas...

Rochelle muncul di ambang pintu kantor, terlihat sangat kesal, sebuah ekspresi yang tidak pernah dilihat Tacey di wajahnya sebelumnya. "Maaf mengganggu Anda saat Anda sedang melakukan akhir bulan, tapi ada pelanggan di konter yang bersikeras ingin berbicara dengan manajer."

Tacey bangkit, menempelkan senyumnya yang tak mau kalah di wajahnya. "Apakah namanya Karen?" Karena Tacey sudah siap untuk mengembalikan seluruh pesanan wanita jalang itu dan mendorongnya keluar dari pintu, tidak akan pernah kembali.

Rochelle menelan ludah, melirik dengan gugup dari balik bahunya. "Tidak, saya rasa tidak. Aku berharap Ben ada di sini."

Sekarang lonceng alarm berdering di kepala Tacey, lebih keras daripada lonceng yang sebenarnya di meja.

"Kamu tetaplah di sini, dan aku akan menemui pelanggan ini. Saat aku sudah mendapatkan perhatian mereka, kamu keluar dan pergilah ke kantor polisi. Katakan pada mereka... katakan pada mereka siapa pun yang bekerja di kantor polisi pagi ini bisa mendapatkan kopi dan muffin gratis jika mereka datang ke kafe sebelum tengah hari." Untuk berjaga-jaga. Belum pernah ada pelanggan yang begitu kasar sehingga mereka harus menelepon polisi, dan Tacey sembilan puluh persen yakin dia akan mengirim pelanggan yang satu ini ke kantor polisi tanpa masalah, tapi tetap saja...

Rochelle menggeleng-gelengkan kepalanya dengan panik.

Tacey mengeluarkan ancaman dan keluar untuk menangani masalah apa pun yang datang ke kafenya.

Tiga Belas

Saat Tacey masuk ke dalam kafe, dia tahu bahwa ini bukan Karen. Kecuali jika Karen sekarang dibangun seperti rumah-rumah batu bata dan mencuri pakaian mereka dari Rock. Dia beringsut ke belakang meja, menginginkan sesuatu yang solid di antara dia dan siapapun pria itu sebelum dia berbicara dengannya.

"Saya manajer di sini. Ada yang bisa saya bantu, Pak?" katanya sambil menatap wajahnya.

Dan membeku.

"Kau akan menyerahkan putriku, jalang, karena dia milikku," Matt mendesis, dengan tatapan jahat yang belum pernah dia lihat di wajahnya yang biasanya menawan.

Penjara telah mengubahnya. Bukan hanya otot-ototnya, tapi juga isi kepalanya.

"Anda ingin... apa?" Tacey hampir tidak bisa mengeluarkan kata-kata.

"Putriku. Anda mencurinya dari saya, bersama dengan lima tahun hidup saya, dan saya ingin mereka kembali."

Tidak. Tidak ada kata-kata. Matt sudah gila.

Di sudut matanya, dia melihat Rochelle berlari keluar dari pintu, dan menyusuri jalan, menuju kantor polisi. Tacey menyilangkan jarinya, mereka benar-benar menginginkan kopi gratis sekarang.

Matt bersandar di meja, menjulang tinggi di atasnya seperti biasa mengintimidasi orang. "Saya akan memberi tahu Anda bagaimana ini akan berjalan. Dalam waktu dua minggu, pada hari Sabtu pagi, saya akan kembali ke sini untuk menjemput putri saya. Jika Anda punya akal sehat, atau jika Anda ingin melihatnya lagi, Anda bisa ikut dengan kami."

Ketika neraka membeku. Tacey membuka mulutnya untuk mengatakannya.

Matt mengacungkan sebuah jari. "Sekarang jika kamu bodoh, atau mungkin hanya keras kepala, kita akan membawa masalah ini ke pengadilan, dan aku akan memberitahu hakim tentang delusi paranoidmu yang membuatku dipenjara, dan aku juga akan memberitahu mereka tentang humas palsu yang kamu dapat dari pria berjas itu. Bahkan, bagaimana jika aku memberitahu polisi tentang dia, dan menuntutmu atas penipuan. Lalu kau akan dipenjara, dan kau takkan pernah bertemu putrimu lagi. Saya akan memastikan hal itu."

Pengadilan dan delusi serta... penipuan? "Maksudmu video Moth Man?" Tacey berseru. "Karena aku tidak mengambilnya. Aku bahkan tidak ada di sini. Orang lain yang mengambilnya melalui jendela kafe dan menaruhnya di internet. Yang saya lakukan hanyalah menawarkan kopi gratis kepada siapa pun yang bisa merekam makhluk itu lagi, dan tidak ada yang mau, jadi..." Dia mengangkat bahu.

"Jangan bermain-main dengan saya. Saya melihat pria berjas di dalam sini, berbicara dengan Anda. Aku punya semuanya di film. "

Sekarang siapa yang sedang berkhayal? Tacey tidak pernah berbicara dengan siapa pun yang berpakaian seperti Manusia Ngengat.

"Dua minggu. Sabtu pagi. Di sini. Dan jika dia tidak ada di sini, Anda akan berharap Anda telah mati di dalam mobil itu, bertahun-tahun yang lalu." Dia berbalik dan menguntit keluar.

Baru setelah pintu tertutup di belakangnya, Tacey berani bernapas lagi.

EMPAT BELAS

Tolong. Ada monster di sini. Yang buruk.

Panggilan itu memanggil Wystan bukan ke kafe, melainkan ke lantai atas, di mana ia menemukan Rory sedang meringkuk di bawah sofa. Satu-satunya masalah adalah... sinar matahari masuk melalui jendela ke dalam ruangan, menjebaknya di dalam dinding.

Dia pindah ke dinding yang paling dekat dengan tempat persembunyiannya dan berkata, "Aku di sini, Rory. Di sini untuk melindungimu. Tapi aku tidak bisa keluar sampai hari gelap. Sinar matahari menyakitiku. Bisakah kamu menutup gordennya?"

"Itu adalah tirai, Tuan Monster," bisik Rory.

"Itu, kalau begitu."

Jeda yang panjang. "Mungkin."

Namun, ia merangkak keluar dari bawah sofa dan menuju jendela terdekat.

Butuh waktu beberapa saat, tetapi dia berhasil menutup cukup banyak sehingga ruangan menjadi sangat gelap. Wystan menjulurkan tangannya keluar dari dinding. Ketika jari-jarinya tidak berubah menjadi batu, dia melangkah keluar sepenuhnya.

"Maukah kamu melindungiku dari monster itu?" Rory bertanya.

"Tentu saja," kata Wystan. "Di mana itu?"

Rory menunjuk ke arah lantai. "Di lantai bawah, di dalam kafe. Dia bersikap kasar pada Rochelle, dan kemudian dia meminta untuk bertemu manajer. Itu Mummy. Tapi dia monster. Aku tahu dia monster."

Dengan rasa penasaran, Wystan beringsut ke arah tangga, agar dia bisa melihat lebih jelas. Dia tidak bisa melihat lebih dari punggung lebar seorang pria, yang dibalut dengan pakaian setelan wol halus, tetapi dia bisa mendengar dengan baik.

"Ada yang bisa saya bantu, Pak?" Tacey bertanya, dengan nada bicara yang sangat sopan namun keras seperti paku yang membuat kata-katanya terdengar seperti FUCK OFF. Kata-kata yang belum pernah dia dengar diucapkannya kepada seorang pelanggan, tetapi ketika kafe sedang sepi, dalam privasi dapur...

Mulut Wystan ternganga. Pria yang disebut Rory sebagai monster itu mengaku sebagai ayah dari gadis itu, dan menuntut hak-haknya.

Jantung Wystan terasa sesak di dadanya saat membayangkan tidak bisa melihat anaknya sendiri selama lima tahun. Tentang Effie yang membawa kabur bayinya sehingga dia tidak pernah melihatnya... itu hampir sama buruknya dengan kehilangan mereka selamanya, karena dia tahu mereka ada di suatu tempat, tetapi dia tidak bisa melihatnya...

Belum lagi pria itu kaya raya, mengenakan setelan jas yang begitu bagus. Bukankah anak itu akan lebih baik bersama ayahnya, yang dapat memberikan segala kemewahan? Bukankah Tacey akan lebih baik bersamanya juga, daripada bekerja mencari nafkah seperti yang dia lakukan sekarang?

Pintu tertutup di lantai bawah, dan pria itu pun pergi. Beberapa saat berlalu, sebelum suara berikutnya yang ia dengar adalah suara langkah kaki yang bergemuruh di tangga.

"Rory, kau di atas sini?" Tacey menelepon.

Rory menjatuhkan diri ke kaki Wystan dan melingkarkan tangannya erat-erat di kaki Wystan. "Jangan biarkan monster itu membawaku!"

Dan Tacey pun menyalakan lampu.

Lima Belas

Tacey berkedip. Pertama, ia bertanya-tanya bagaimana Callie bisa membawa patung gargoyle telanjangnya ke sini. Kedua, dia bertanya-tanya mengapa. Kemudian dia membayangkan putrinya memeluk pergelangan kaki patung itu dan bertanya-tanya apakah dia bisa mengeluarkan gadis itu dari sana sebelum dia mendongak dan melihat bungkusan besar gargoyle itu.

Jika ada, bahkan lebih besar dari yang dia ingat.

"Ayo, Rory, saatnya pulang," kata Tacey sambil mengulurkan tangannya untuk membantu Rory berdiri.

Rory hanya melingkarkan lengannya lebih erat di pergelangan kaki patung itu. "Tidak tanpa Tuan Monster Pelindung. Dia di sini untuk melindungiku!"

Tacey menghela napas. Tentu saja Rory akan menyukai patung telanjang itu. Saat Callie kembali, Tacey akan menendang pantatnya hingga minggu depan.

"Saya tidak bisa membawanya menuruni tangga, sayang. Kita harus kembali lagi nanti, saat kita bisa menemukan seseorang yang cukup kuat untuk membantu memindahkannya." Pindahkan dia ke suatu tempat di mana Rory tidak akan menemukannya.

"Jangan konyol. Dia bisa berjalan, Mummy!"

Tacey menarik napas dalam-dalam. "Rory, patung tidak bisa..."

"Dan dia juga bisa berbicara! Dia bukan patung, dia adalah..." Rory menyipitkan mata ke arah patung itu. "Tuan Monster, monster macam apa kamu ini?"

Satu detik lagi dan dia akan melihat bungkusannya dan mulai mengajukan pertanyaan-pertanyaan lain yang Tacey belum yakin ingin menjawabnya.

"Saya adalah gargoyle, Nona Rory, dan nama saya Wystan Steel."

Patung itu bergerak. Patung itu benar-benar bergerak. Atau mungkin Matt benar dan dia berkhayal, dan...

Tacey bersumpah.

"Bahasa, Mami!"

Sial.

Pria dengan setelan jas. Dia hanya seorang pria berjas. Matt pasti melihat Rochelle atau Octavia berbicara dengannya, dan berpikir...

Nah, itu menjelaskan paket yang mengesankan. Itu juga pasti palsu. Terbuat dari plastik kenyal yang sama dengan patung Callie.

Tacey mengulurkan tangan untuk meremas-nya.

Sama sekali tidak terasa seperti karet. Rasanya hangat, keras dan lembut pada saat yang sama, seperti baja yang dibungkus sutra. Seperti seorang pria yang sebenarnya...

Tacey mengumpat lagi dan melepaskan anggota tubuh pria itu. Dia belum pernah melihat penis sebesar itu sebelumnya. Bagaimana mungkin dia mengira itu nyata?

Dia menggigit bibirnya, mencoba dan gagal untuk menatap mata pria itu. Tentu saja, pria itu tertutup riasan dan kostum dan dia terlihat seperti patung, tapi dia masih tahu bahwa pria itu adalah seorang pria di balik semua itu dan dia baru saja meraih penisnya dan meremasnya dengan kuat. "Maaf." Suara itu keluar seperti cicit tikus yang sekarat.

Mulutnya terbuka, lalu tertutup lagi, tanpa ada kata-kata yang keluar. Pria itu berjalan ke dinding dan menghilang begitu saja....

Meninggalkan Tacey dan Rory yang menatapnya.

Rory, tentu saja, pulih lebih dulu. "Kau membuatnya takut, Mummy! Dia berjanji untuk melindungiku!" rengeknya.

"Aku akan melindungimu, sayang. Itulah yang dilakukan mumi," kata Tacey tanpa suara. Dia belum tahu bagaimana dia akan melakukannya, tapi dia tahu dia akan melakukan apa saja untuk melindungi Rory dari Matt. Dia tidak akan mendapatkannya, tidak selama Tacey masih menarik napas. Dia akan melawannya di setiap langkahnya.

Mengenai apa pun yang baru saja dilihatnya... ia berniat melakukan yang terbaik untuk melupakannya, dan memastikan Rory juga. Dia sudah cukup berurusan dengan Matt.

Enam Belas

Ketika mereka tiba di rumah, Rory bersikeras ingin menonton TV, dan Tacey terlalu terganggu untuk mengatakan tidak. Pikirannya penuh dengan ketakutan dan berbagai kemungkinan solusi, yang masing-masing lebih gila dari yang sebelumnya. Pindah ke tempat lain tidak mungkin dilakukan, apalagi dengan perbatasan yang ditutup dan semua keluarga dan teman-temannya ada di sini. Selain itu, bahkan jika dia pergi ke tempat lain, Matt punya uang untuk menyewa seseorang untuk memburunya.

Dia berharap dia memiliki kamera pengintai di kafe, untuk merekam percakapan itu untuk membuktikan kepada polisi bahwa hal pertama yang Matt lakukan ketika dia keluar dari penjara adalah mencarinya dan mengancam nyawanya. Jelas bukan tindakan yang dilakukan oleh orang yang tidak bersalah.

Dia bisa saja mencoba untuk mendapatkan perintah penahanan, pikirnya, tetapi dia hanya akan mengajukan banding di pengadilan, dan jika dia memiliki pengacara yang berhasil membatalkan seluruh hukumannya, perintah penahanan tidak akan sebanding dengan kertas yang tercetak di atasnya.

Dia tidak bisa menyerahkan Rory kepadanya, tapi mungkin jika dia pergi bersamanya, untuk memastikan Rory baik-baik saja...Tidak. Tidak.

Pada akhirnya, Tacey mencoba membersihkan rumah untuk menenangkan pikirannya yang berputar-putar, namun hal itu tidak membantu. Pada saat dia menidurkan Rory malam itu, rumahnya tampak bersih berkilau, dan tubuhnya terasa lelah, tetapi pikirannya masih berputar seperti mesin jet.

Lebih buruk lagi, hanya ada dia dan Rory malam ini. Callie masih berada di selatan, Alethia masih menjaga rumah orang tuanya, Sybil berada di suatu tempat di Lingkaran Arktik dalam penggalian arkeologi seumur hidup, dan Octavia sedang bekerja.

Jadi, tanpa ada orang lain yang bisa diajak bicara, segelas besar anggur mungkin adalah satu-satunya cara agar dia bisa menenangkan pikirannya untuk tidur malam ini. Nah, anggur atau sesuatu yang lebih kuat...

Ya, pasti sesuatu yang lebih kuat. Sisa botol vodka yang mereka bawa ke pemakaman malam itu, yang telah mereka coba dan gagal memanggil setan, harusnya bisa digunakan.

Pertama Manusia Ngengat, kemudian setan, dan hari ini, gargoyle dengan penis monster. Yah, seorang pria berpakaian seperti itu.

Siapa yang dia katakan namanya? Aneh, itu sudah pasti. Winston... tidak, Wystan Steel, itu dia.

Octavia atau Rochelle mungkin telah mempekerjakannya untuk membuat lebih banyak video PR untuk kafe tersebut. Tacey tidak ingat pernah setuju untuk membayarnya, tapi mungkin dia melakukannya sebagai bentuk bantuan untuk mereka. Lagipula, Octavia menerima berbagai macam bayaran saat dia memperbaiki komputer orang, dan Rochelle melakukan pekerjaan sebagai aktor bayaran di Penjara Fremantle.

Mengapa mereka memilih pria dengan penis monster untuk memerankan monster...

Tacey tidak bisa tidak memikirkan bagaimana bentuk dan rasanya. Jika ia memejamkan matanya, ia melihat paket sempurna itu lagi, terlihat seperti potongan-potongan patung batu abu-abu, tetapi panas dan keras dan mungkin luar biasa di dalam diri Anda begitu Anda telanjang dengannya.

Tacey mengguncang dirinya sendiri. Dia tidak ingat kapan terakhir kali dia tidur dengan seorang pria. Pasti sebelum Rory lahir. Bahkan mungkin sebelum Matt. Dan mungkin masih butuh waktu bertahun-tahun lagi sebelum dia berani berkencan lagi. Dia mungkin harus segera membeli vibrator, seperti yang dilakukan gadis-gadis dalam buku-buku roman Callie. Semua wanita Amerika sepertinya memilikinya, sementara ia tidak mengenal satu pun gadis Australia yang memilikinya. Toko-toko seks di sini menjualnya, jadi pasti ada yang membelinya.

Dia harus benar-benar pergi ke toko untuk mendapatkannya, alih-alih memesannya secara online, karena jika salah satu dari gadis-gadis lain melihat paket tersebut dan membukanya... dia tidak akan pernah mau menerimanya.

Sekarang dia benar-benar membutuhkan vodka itu.

Tacey membuka matanya, mengedipkan mata, lalu menutupnya kembali.

Dia tidak sedang berkhayal. Ketika dia membuka matanya lagi, dia menemukan bahwa dia baru saja membayangkan melihat penis monster itu di ruang santai rumahnya, dan dia hanya melihatnya di mata pikirannya. Penis Wystan Steel dan seluruh bagian tubuhnya tidak mungkin berdiri di depannya, di rumahnya.

Dia membuka matanya.

"Kamu punya waktu sampai hitungan ketiga untuk keluar dari rumah saya, atau saya akan menelepon polisi. Dan saya akan menghabiskan setiap detik Anda masih masuk tanpa izin ke properti saya untuk menendang pantat Anda!" Dia meraih benda terdekat yang bisa dia gunakan sebagai senjata, yang ternyata adalah pedang plastik milik Rory, dan mengacungkannya. "Keluar!"

Wystan mundur sambil mengangkat kedua tangannya, namun ia tidak melangkah lebih jauh. "Nyonya Tacey, seperti yang sudah kukatakan pada Nona Rory, kau tidak bisa menyakitiku dengan itu. Aku adalah pelindung gargoyle-mu, dan aku terbuat dari batu hidup, lebih baik untuk melindungimu. Bahkan jika itu adalah pedang sungguhan, pedang itu tidak dapat menembus kulitku."

Tacey menjatuhkan pedang itu ke lantai dengan jijik. Dia tidak akan mengizinkan Rory memiliki pedang sama sekali kecuali dia yakin Rory tidak bisa melukai dirinya sendiri dengan pedang itu.

"Bagaimana Anda bisa masuk ke sini?" tanyanya.

"Gargoyle memiliki bakat luar biasa untuk dapat berjalan menembus dinding."

Dia membuka mulutnya untuk mengatakan bahwa dia bukan gargoyle dan tidak ada yang bisa berjalan menembus dinding, tapi bayangannya menghilang di studio di atas kafe... dia hanya memunggungi dinding dan... poof, hilang.

"Tapi kenapa kamu ada di sini?" dia tetap bersikeras. Karena tak satu pun dari hari ini yang masuk akal. Pertama Matt, sekarang Wystan...

"Kau memanggilku. Anda dan teman-teman Anda di pemakaman."

"Kamu setan?" dia mencicit, melompat ke sofa. Seolah-olah dia adalah kecoa yang berlarian di lantai yang bisa dia hindari jika dia berdiri cukup tinggi.

Dia menghela nafas. "Saya seorang gargoyle, Nona Tacey."

Dia mempertimbangkan untuk menyuruhnya memanggilnya Nona Bell, tapi dia benci dipanggil seperti itu. "Hanya Tacey. Dan kau... Wystan?"

Dia mengangguk sekali.

"Pelindung gargoyle Anda, dan Nona Rory juga. Saya sudah mengatakan hal ini padanya beberapa hari yang lalu, tapi waktunya tidak pernah tepat untuk memperkenalkan diri kepada Anda sampai hari ini."

Beberapa hari yang lalu... seperti malam setelah pemanggilan itu ketika Rory pulang dari mengunjungi Ibu? "Monster khayalan di dalam lemarinya, monster yang dia berikan pedangnya karena dia bilang itu monster yang baik... itu adalah KAMU?"

"Ya."

"Dan Anda berjanji untuk melindunginya?"

Anggukan lagi.

Bahu Tacey merosot dengan lega. "Jadi kau di sini untuk menghentikan Matt membawanya. Untuk melindunginya dari dia."

"Apakah Matt pria yang datang ke kafe hari ini? Orang yang mengaku sebagai ayahnya?"

"Dia adalah ayahnya." Mungkin tidak tertulis di akta kelahirannya, tapi Tacey tahu itu benar.

Gargoyle itu tampak gelisah. "Saya bersumpah untuk melindunginya dari bahaya, tetapi saya tidak bisa, dengan hati nurani yang baik, menjauhkan seorang anak dari ayahnya yang sah. Atau seorang istri dari suaminya. Mungkin jika Anda hanya menemuinya dan meminta maaf karena telah melarikan diri darinya bersama anaknya, dia akan memaafkan Anda dan Anda bisa menjadi keluarga lagi." Matanya berubah menjadi sayu. Seolah-olah dia berharap keluarganya akan melakukan hal itu, siapa pun dan di mana pun mereka berada.

Huh. Keluarga Gargoyle. Dia menduga mereka pasti ada. Nah, jika gargoyle itu ada, maka gargoyle kecil pasti berasal dari suatu tempat, dan...

"Mengapa Anda tidak meminta maaf kepadanya?"

Tacey terbatuk-batuk sambil tertawa. "Kau pikir aku harus memohon pada Matt untuk memaafkanku karena dia telah mencoba membunuh kita sebelum Rory lahir? Uh, tidak. Aku tidak lari. Dialah yang dipenjara karena mencoba membunuh kita. Saya hanya mencoba melanjutkan hidup saya, dan membesarkan Rory. Sampai dia keluar dari penjara minggu ini, karena seorang pengacara hebat dan kemungkinan besar seorang hakim yang korup berkumpul dan membebaskannya."

Mata Wystan membelalak. "Dia mencoba membunuhmu? Bagaimana kamu bisa selamat?"

Itu adalah pertanyaan yang wajar. Bahkan sebelum dia masuk penjara, Matt adalah seorang pria yang besar. Dan kuat, seperti semua perenang. Tidak seperti otot-otot yang dia miliki sejak saat itu, tapi tetap saja...

"Yah, saya kira saya selamat karena saya mencintai sekaligus membenci mobilnya..." dia memulai.

Wystan hanya terlihat bingung.

"Anda tahu mobil saya, mobil yang saya kendarai ke kantor?" tanyanya.

Dia mengangguk.

"Yah, dia memiliki Holden klasik tua. Besar dan indah, tetapi tidak ada fitur keselamatan, tidak seperti milik saya. Jadi, saat terjadi tabrakan, tidak ada kantung udara yang keluar untuk melindungi Anda agar tidak terluka. Suatu hari, dia membawa mobil saya ke tempat kerja, dengan alasan bahwa dia tidak ingin memarkir mobilnya di luar dengan ramalan cuaca yang buruk, karena salah satu panelnya baru saja dicat ulang. Jadi, ketika saya harus pergi ke toko untuk membeli sesuatu, saya harus meminjam mobilnya. Yang tidak saya ketahui adalah bahwa dia menginjak remnya... sesuatu yang membuat mobil melambat atau berhenti... jadi ketika Anda menginjaknya, alih-alih berhenti, mobil terus melaju hingga akhirnya menabrak. Hanya saja saya sangat gugup mengemudikannya, jadi saya berbalik ke halaman dan bukannya ke jalan, dan ketika saya mencoba untuk berhenti berbalik agar bisa maju, mobil tidak mau berhenti, sampai bagian belakangnya menabrak pagar dan memecahkan lampunya. Saya terlalu takut untuk mengendarainya pada saat itu, jadi saya memanggil truk derek untuk membawanya ke montir untuk memperbaiki lampu sebelum Matt pulang dan melihat apa yang telah saya lakukan, hanya saja montir tersebut melihat kerusakan pada rem, yang baru diganti beberapa bulan sebelumnya, dan melaporkannya ke polisi.

"Awalnya, mereka mulai menyelidiki orang-orang yang mungkin ingin membunuh Matt, karena mereka mengira dia adalah target-nya. Kemudian mereka mulai berbicara dengan para tetangga, dan beberapa di antaranya pernah melihatnya sedang memperbaiki mobil. Kemudian salah satu dari mereka secara tidak sengaja membuka sebuah surat yang mereka kira untuk mereka, namun ternyata surat tersebut ditujukan kepada saya, dengan polis asuransi jiwa yang diambil Matt untuk saya... dan tiba-tiba saya menjadi target, dan Matt menjadi tersangka utama m ereka..."

Wystan tampak ngeri. "Suamimu mencoba membunuhmu?"

Tacey tertawa dengan gemetar. "Oh, dia bukan suami saya. Kami bertunangan, karena keluarganya beragama Katolik dan dia tidak ingin Rory lahir di luar nikah atau apa pun itu, tapi kemudian mereka meninggal dalam kecelakaan m obil...seperti Matt, ayahnya juga mengemudikan mobil klasik tanpa fitur keselamatan, dan mereka menabrak seekor kangguru yang entah dari mana, jadi orang tuanya tidak punya kesempatan lagi ...jadi kami sepakat untuk menunda pernikahan hingga Rory lahir. Bagaimanapun, Matt adalah anak tunggal mereka, jadi dia mewarisi segalanya, termasuk uang pensiun dan asuransi jiwa mereka, jadi dia beralih dari berjuang untuk bekerja dan belajar serta menabung untuk membeli rumah murah untuk kami, menjadi memiliki rumah mewah di tepi sungai milik orangtuanya dan tidak perlu bekerja lagi. Dia bersikeras agar saya pindah bersamanya ke sana, jadi saya melakukannya, tetapi kemudian dia menjadi agak menjauh. Saya pikir itu hanya kesedihan karena kehilangan orang tuanya, tapi ternyata dia berencana untuk membunuh saya agar dia bisa mendapatkan lebih banyak uang dari asuransi jiwa saya." Tiba-tiba saja ia memiliki pemikiran yang mengerikan. "Anda tahu, dia mungkin masih memiliki polis itu juga. Maksud saya, selama dia masih punya uang untuk membayarnya... jika sesuatu terjadi pada saya, dia akan menjadi lebih kaya. Jika dia juga mengambil polis untuk Rory... itulah mengapa saya tidak bisa membiarkan dia memilikinya. Aku tidak bisa mempercayainya. Bajingan itu mencoba membunuh kami, dan seluruh juri memvonisnya bersalah, jadi apa pun yang dikatakan hakim korup itu, saya tidak akan percaya bahwa dia tidak bersalah. Aku tidak bisa."

Wystan menganggguk dengan serius. "Aku telah bersumpah untuk melindungimu dan Nona Rory. Jika pria ini membahayakan kalian, maka itulah yang akan saya lakukan. Aku akan menjaga kalian berdua di malam hari, tapi... di siang hari, saat kau sedang bekerja dan dia pergi ke sekolah, apa yang kau ingin aku lakukan?"

Setidaknya, ada satu titik terang. "Hari ini adalah hari pertama liburan sekolah, jadi dia bisa ikut bekerja dengan saya. Dengan begitu, kamu bisa mengawasi kami berdua di kafe di siang hari." Dia mengerutkan kening. "Meskipun kamu akan membutuhkan pakaian jika kamu akan keluar di depan umum. Kamu tidak bisa membiarkan semuanya terbuka seperti itu. Paling tidak, kamu butuh celana." Ia merasakan wajahnya memerah saat ia berusaha keras untuk tidak menunduk.

"Saya jamin, tidak ada yang akan melihat saya kecuali saya menginginkannya. Saya sudah cukup terampil bersembunyi, bahkan di kafe Anda. Tapi pakaian sepertinya ide yang masuk akal, kalau-kalau saya perlu menunjukkan diri saya. Di mana saya bisa menemukan sesuatu yang cocok?"

Tacey berpikir sejenak. "Kurasa tidak ada yang muat untukmu, dan gadis-gadis lain memakai. .. ya, pakaian wanita, hampir sepanjang waktu. Mungkin ada beberapa pakaian pria di loteng, dari orang-orang yang pernah tinggal di sini sebelum kita. Anda bisa mengambil apa pun yang Anda suka dari atas sana."

"Aku akan menjagamu saat kamu tidur malam ini, dan di pagi hari, aku akan siap dan berpakaian rapi, seperti yang kamu inginkan."

Terserah kau. Tiga kata itu melakukan sesuatu pada batinnya yang dia pikir hanya terjadi dalam buku-buku roman. Atau Putri Pengantin, tentu saja.

"Jangan membuat saya menyesal," dia memperingatkan dia.

Tujuh Belas

Ketika Tacey menuntun Rory yang menguap keluar menuju mobil dalam kegelapan sebelum fajar, dia sudah menunggunya. Untuk sesaat, dia mengira Rory lupa membawa celananya, sampai dia menyadari bahwa Rory tidak membawanya, tapi...

"Di mana Anda menemukannya?"

Wystan melirik ke bawah. "Mereka ada di loteng, seperti yang Anda katakan. Mereka tampak paling kokoh di sana."

Ya, tentu saja, kulitnya kokoh, tapi juga melekat pada setiap otot dan... yang lainnya. Dia bisa melihat kemaluannya dengan sangat jelas, dia mungkin tidak mengenakan celana sama sekali.

"Dan saya kira gargoyle tidak memakai kemeja?" tanyanya, mencoba untuk tidak melihat otot-otot di atas celana. Pria ini pasti sudah robek.

Dia mengangkat bahu. "Kemeja akan mengotori sayap saya, jadi saya tidak bisa terbang di belakang kereta Anda ke kafe."

Sebuah kemeja akan... apa?

"Anda sama sekali tidak mengikuti saya di udara menuju kafe. Helikopter polisi, lampu dan lainnya, tidak akan terlalu terlihat. Anda bisa masuk ke dalam mobil, atau tidak sama sekali."

Rory menarik tangannya dari tangan Tacey dan meraih tangan Wystan. "Kamu bisa duduk bersamaku di kursi belakang."

Hanya Rory yang bisa berteman dengan monster secepat ini. Dan ketika dia tampak tidak terbiasa dengan sabuk pengaman, dia juga membantunya.

Kebaikan dan kepolosan seperti miliknya yang dimanfaatkan oleh monster pemangsa, tidak peduli siapa yang mereka sakiti atau berapa banyak. Tacey memejamkan matanya. Ini adalah sebuah kesalahan. Kesalahan yang mengerikan, kesalahan yang mengerikan yang akan dia sesali...

"Kita sudah terpasang dengan aman di kursi kita, Tacey. Kita bisa berangkat," kata Wystan.

Tacey mengembuskan napas. Dia tidak bisa mengatakannya di depan Rory, tapi ketika mereka sampai di kafe, dia akan mengajak Wystan ke samping dan mengatakan padanya dengan tegas bahwa kesepakatan itu batal. Dia akan mencari cara biasa untuk mengatasi kekacauan ini, tanpa bantuan paranormal. Diberkahi atau tidak.

Perjalanan ke kafe hampir tidak memakan waktu sama sekali. Lalu lintas pagi hari yang hampir tidak ada.

Tacey membuka kunci pintu dan memimpin jalan masuk, sambil menyalakan lampu. Dia melirik ke arah tangga, berdebat.

"Bolehkah saya duduk di sofa Bibi Octavia di lantai atas, Mummy?" Rory bertanya.

Tidak jika Octavia terjaga sepanjang malam di depan komputernya dan tertidur di sana. "Sayang, Bibi Octavia mungkin masih tertidur..." Tacey memulai.

Wystan menggelengkan kepalanya. "Kami adalah satu-satunya orang di dalam gedung. Tidak ada seorang pun di lantai atas."

Rory mengulurkan tangannya. "Ayo, Tuan Monster. Saya harus mewarnai sebelum sarapan, dan Anda bisa membantu."

Tacey mengerutkan kening. "Anda naiklah dan kemasi barang-barang Anda. Saya perlu berbicara dengan Tuan Steel sebentar."

Rory memutar bola matanya. "Ooookaaaay," gerutunya sambil menjinjing tasnya yang berisi perlengkapan seni menaiki tangga.

Saat Rory sudah tidak terdengar lagi, Tacey menoleh ke arah gargoyle itu. "Jika Anda menyakitinya, atau mengatakan atau melakukan apa pun yang membuatnya merasa tidak nyaman, saya akan mengeluarkan Anda dari pintu-pintu itu dengan cepat, Anda tidak akan tahu apa yang menimpa Anda."

"Tidak ada bahaya yang akan menimpa putrimu selama aku menjadi pelindungnya. Aku bersumpah," kata Wystan.

Dia ingin mempercayainya. Dia benar-benar percaya. Itu hanya... pria besar ini, dengan sayap dan...

Bukankah Matt pernah mengatakan bahwa ia melihat seorang pria yang sedang berbicara dengan seorang pria dengan kostum Moth Man? Yah, seseorang yang dia pikir adalah dia. Yang berarti dia telah mengawasi kafe itu. Entah memata-matainya dari luar atau...

Tacey mengamati langit-langit. Mata merah yang sayu dari kamera keamanan yang tidak pernah ia sadari sebelumnya menatapnya dari sudut di belakang mesin espresso.

"Itu harus pergi," gumamnya.

Sesaat kemudian, Wystan melompat ke udara, sayapnya yang besar mengepakkan sayapnya untuk membuatnya tetap terbang tinggi, sementara tinjunya yang besar menghantam kamera tepat di dinding. Pecahan kaca, plastik, dan jeroan listrik menghujani ubin. Dia setengah berharap untuk melihat kabel yang bergetar menjuntai dari langit-langit, tetapi tidak ada apa pun kecuali penyok di plester yang menunjukkan bahwa kamera itu pernah ada di sana.

Ia mengambil pengki dan sikat dan menyodorkannya ke tangan Wystan. "Kamu yang membuat kekacauan, kamu bisa membersihkannya. Lalu kau bisa naik dan mengawasi Rory. Aku harus mulai membuat kue."

Dia memiringkan kepalanya. "Ya, nyonya."

Dan kemudian, tepat ketika dia mengira pria itu tidak bisa lebih seksi lagi, pria itu berlutut di lantai dengan celana kulit yang ketat dan menyapu semua komponen kamera tanpa sepatah katapun. Dia tidak pernah melihat sesuatu yang begitu seksi dalam hidupnya.

"Di mana tumpukan sampahmu?"

Midden? Bukankah itu yang digali oleh para arkeolog? Ia yakin pernah mendengar Alethia menggunakan kata itu sekali atau dua kali. Itu adalah tempat ... oh.

"Buanglah ke tempat sampah, di sana," kata Tacey sambil menunjuk.

Dengan hati-hati ia menyapu setiap sampah yang ada, lalu mengembalikan pengki dan sikat ke tempatnya di bawah meja, sebelum menaiki tangga menuju Rory.

Tacey hanya bisa melihat setiap langkah yang diambilnya dengan celana kulit ketat itu, memeluk bokongnya yang terlihat sangat menggoda.

Jika Wystan bukan monster, Tacey berani bersumpah bahwa dia sedang jatuh cinta. Seperti itu, dia lebih dari sedikit bernafsu.

Namun, ia tidak punya waktu untuk memanjakan hasratnya saat ini. Ia harus menyimpan semua hasratnya untuk membuat kue, atau tidak akan ada sarapan saat kafe dibuka, dan itu tidak akan pernah terjadi.

Delapan Belas

Saat Tacey mengeluarkan nampan muffin terakhir dari oven dan menggantinya dengan nampan yang berisi kue-kue yang dibentuk dengan hati-hati, matahari hampir terbit. Dia mungkin hanya punya cukup waktu untuk membawa sarapan untuk Rory dan Wystan sebelum kue-kue yang pertama selesai dibuat, jadi dia memilih beberapa muffin terbaiknya, menambahkan satu ekstra cokelat untuk Rory yang tidak mau makan apa pun, menatanya dengan hati-hati di keranjang dengan piring dan serbet, dan menuju ke lantai atas.

Dia meletakkan keranjang di atas meja dan menatap tirai. Cahaya matahari sudah mengintip di sekitar tepiannya. Saatnya mematikan lampu, dan membiarkan sinar matahari masuk. Dia berjalan ke jendela, menarik tali tirai dan mulai mengikatnya ke gerendel.

"Tidak, Mummy, TIDAK!" Rory menjerit.

Tacey berbalik. "Ada apa? Apakah muffinnya terlalu panas?" Dia yakin dia telah mengambil salah satu yang sudah didinginkan, tapi mungkin masih hangat di tengah-tengahnya...

"Tidak! Kau menyakiti Tuan Monster!" rengeknya sambil menarik selimut dari tempat tidur Octavia dan mencoba menyeretnya ke lantai tempat Wystan berdiri.

"Dia baik-baik saja, Rory. Bukankah begitu, Wystan?"

Tidak ada respon. Wystan bahkan tidak bergerak. Seperti patung atau semacamnya. Atau... gar goyle...

Tacey berjalan mendekatinya, lalu ragu-ragu. Dia menelan ludah, lalu mencolek pundaknya. Keras. Dia tidak bergerak sama sekali. Tubuhnya yang keras tidak menyerah sedikit pun, bahkan saat dia mendorong lebih keras. Seolah-olah dia hanyalah sebuah patung batu.

Rory mengepak-ngepakkan selimut di kakinya. "Tolong aku, Mummy! Matahari menyakitinya. Kita harus menutupinya!"

Tacey membutuhkan waktu beberapa saat untuk menyadari bahwa Rory mencoba melemparkan selimut itu ke atas kepalanya, hanya saja ia tidak bisa meraihnya cukup tinggi. Tacey memegang salah satu ujungnya dan menyeret kain hitam bermotif bintang itu ke atas patung.

Rory berlutut di lantai dan menarik selimut ke bawah hingga menutupi kakinya. Setelah puas, dia berlari ke jendela dan menurunkan tirainya.

Kegelapan kembali menyelimuti ruangan itu. Tapi itu tidak cukup gelap bagi Tacey untuk melewatkan gerakan di balik selimut.

Atau suara Wystan yang lirih, mengatakan, "Terima kasih, Nona Rory dan Nyonya Tacey," sebelum dia menarik selimut itu dan memeluknya.

Tacey melipat tangannya di dadanya. "Sinar matahari menyakitimu, hmm? Tidakkah Anda pikir Anda seharusnya mengatakan hal seperti itu, ketika Anda berjanji untuk melindungi putri saya?" Pria. Sungguh tak berguna, kebanyakan dari mereka. Bahkan yang bersayap.

Wystan menundukkan kepalanya. "Ini bukan kelemahan gargoyle. Di bawah sinar matahari langsung, gargoyle berubah menjadi batu. Seperti yang kau lihat." Dia terbatuk-batuk. "Jika aku punya peringatan lebih dari sesaat, aku mungkin bisa berlindung di balik dinding, di mana cahaya tidak bisa menjangkauku. Jika Nona Rory dalam bahaya, aku bisa menariknya ke dalam dinding bersamaku."

Mata Rory membelalak. "Kamu bisa berjalan menembus dinding?"

"Anda tidak boleh menyeret putri saya melewati tembok. Tidak sekarang, tidak akan pernah. Apa aku sudah jelas?" Sial, bagaimana jika dia mencoba melakukannya dan dia terjebak? Rory bisa mati, atau terluka parah. Tacey menahan gemetar.

Wystan mengerutkan kening. "Tapi Nyonya T acey..."

"Tidak boleh berjalan menembus dinding dengan putri saya. Atau Anda bisa berjalan melewati semua dinding sendirian sampai Anda keluar dari kafe saya, dan jangan pernah kembali lagi." Karena apa gunanya seorang pelindung yang tidak bisa keluar di siang hari? Dia tahu ini adalah sebuah kesalahan.

"Ya, Nyonya Tacey." Kata-kata itu keluar melalui gigi yang terkatup, dan dia setengah berharap pria itu akan menyerbu keluar, tetapi dia tetap di tempatnya. Satu-satunya gerakannya adalah mengalihkan perhatiannya kembali ke Rory, yang kembali mewarnai di lantai.

Dia merasa hampir tidak enak karena menyuruhnya berkeliling. Lagipula, dia telah secara sukarela melindungi Rory. Bukan berarti dia membayarnya. Belum.

Tacey melambaikan tangan ke arah sekeranjang muffin. "Aku membawakanmu sarapan. Untuk kalian berdua. Jika kalian butuh lagi, bernyanyi saja, dan saya akan mengambilkan lagi dari dapur."

Rory mendongak dari kegiatannya mewarnai. "Aku bisa datang dan mengambilnya, Mummy. Sinar matahari tidak menyakitiku."

Tacey tidak yakin apakah ia harus bangga pada putrinya, atau khawatir, atau keduanya. Kebaikannya pada monster seperti Wystan memang luar biasa, tapi hal itu juga bisa membuat orang lain mengambil keuntungan darinya. Tacey menghela napas. "Tidak, sayang. Kau tetaplah di lantai atas dengan tirai tertutup agar Wystan bisa melindungimu, oke? Jika kamu butuh sesuatu, beritahu aku dan aku akan membawanya."

Ia berharap Rory akan membantahnya.

Tapi Rory hanya mengangguk. "Dia melindungiku dari monster-monster jahat, bukan begitu, Bu?"

Tacey menelan ludah. Dia lebih mempercayai Wystan, seorang monster sungguhan, dengan putrinya daripada mempercayai ayah gadis itu s endiri... tapi apa pun yang dikatakan pengadilan, Matt telah mencoba membunuh mereka berdua. Hal itu membuatnya menjadi monster yang lebih mengerikan daripada Wystan beberapa menit yang lalu.

Monster yang harus ia taklukkan dengan cara yang lebih baik daripada memberikan putrinya pengawal gargoyle.

Tacey menghela napas. Dia akan menangani masalah itu setelah dia membuka kafe dan menangani kesibukan sarapan pagi. Pertama, dia harus menyalakan mesin espresso dan menenangkan para pecandu kafein yang sudah mengantri di luar pintu.

Sembilan Belas

"Wow, terlihat seperti malaikat," gadis itu menghela napas saat Tacey meletakkan kopinya.

Pria yang duduk di seberangnya mengintip cangkirnya. "Punyaku lebih mirip dengan Manusia Ngengat. Jika saya merekamnya dengan ponsel saya, apakah saya masih bisa mendapatkan kopi gratis selama setahun?"

Tacey tertawa. "Maaf, tidak. Tawaran itu hanya berlaku jika Anda merekam video Moth Man yang asli, bukan hanya kemiripannya di latte Anda."

Lelaki itu menoleh ke arah gadis itu. "Mau kembali lagi setelah ujian, dan melihat apakah kita bisa menemukannya?"

Dia cemberut. "Kita lihat saja nanti. Saya lebih suka pergi ke bar daripada minum kopi setelah ini. Hukum keluarga adalah yang terburuk. Saya lebih suka menghabiskan seluruh hidup saya untuk membuat kontrak real estate daripada mencoba membuat kasus lain untuk mendapatkan hak asuh tunggal. Saya bersumpah, ini seperti ketika orang tua bercerai, mereka lupa bahwa anak-anak mereka juga manusia, bukannya harta benda yang bisa mereka gunakan untuk mendapatkan poin murah dari mantan pasangan mereka."

"Tidak semuanya buruk. Maksud saya, bagaimana jika alasan salah satu orang tua menginginkan hak asuh tunggal adalah karena orang tua yang lain adalah orang yang kasar? Jika Anda memenangkan kasus seperti itu, Anda dan orang tua yang memiliki hak asuh tunggal akan menyelamatkan anak tersebut dari masa kecil yang mengerikan."

"Ya, tapi kemudian kamu harus mendengar tentang pelecehan yang sudah terjadi dan aku tidak bisa..." Mata gadis itu berkaca-kaca. "Itu semua mengerikan."

"Yah, kita tahu tidak ada dari kita yang akan masuk ke bidang hukum keluarga, tapi kita masih harus lulus ujian ini, jadi minumlah dan ayo kita selesaikan beberapa hal di menit-menit terakhir sebelum kita kembali."

Gadis itu mengangguk dan Tacey kembali ke konter.

Itulah jawabannya. Jika dia ingin menjaga Rory tetap aman dari Matt, dia harus membawanya ke pengadilan, dan melawannya di tempat yang tepat. Tapi untuk melakukan itu, dia membutuhkan pengacara keluarga terbaik di Perth. Itu tidak akan murah.

Dia menelan ludah. Ia memiliki tabungan untuk deposito rumah, dan ia juga memiliki kafe. Tidak ada gunanya membeli rumah untuk dia dan Rory tinggali jika Matt mendapatkan hak asuhnya. Lebih baik tinggal bersama Rory di Bell House selama sepuluh tahun ke depan daripada menyerahkannya kepadanya. Sial, dia juga akan menjual kafe itu, jika itu berarti dia bisa menjaga Rory tetap aman.

"Selamat pagi, Tacey. Apakah hari ini sibuk?"

Tacey mendongak. Apakah sudah hampir jam makan siang? Wow, ya. Dan Rochelle terlihat ... sangat bersinar. Hampir seperti orang yang berbeda dengan bayangan gugup yang memohon untuk tinggal di studio di lantai atas beberapa minggu yang lalu. Meninggalkan pacar brengsek itu dan berhubungan dengan artis yang tinggal bersama mereka pasti telah membantu, juga, tapi itu lebih seperti dia telah berhenti membiarkan vampir itu menyedot kehidupan darinya dan membiarkan Ben menghembuskan nafas ke dalam dirinya sebagai gantinya.

Dunia akan menjadi tempat yang lebih baik dengan lebih banyak Bens di dalamnya. Atau bahkan hanya satu lagi dalam hidupnya...

Tacey menghela napas. "Ya, ini sangat membosankan. Saya bahkan belum selesai membuat semua panini untuk hari ini. Bisakah Anda mengambil alih meja kasir sementara saya mengurusnya?"

Rochelle menyipitkan mata ke arah lemari sandwich. "Apa yang kita lewatkan? Semuanya terlihat ada di sini."

"Semua produk reguler, ya, tetapi saya memiliki ide gila minggu lalu untuk melakukan acara Natal di bulan Juli selama liburan sekolah. Muffin roti jahe sudah habis, tetapi kue-kue keringnya belum begitu populer. Saya pikir saya akan mencoba muffin cranberry eggnog besok, tapi saya ingin membuat panini kalkun untuk makan siang hari ini, hanya saja kalkunnya terlalu panas saat saya mengeluarkannya dari oven, jadi saya menunggunya sampai cukup dingin untuk disentuh sebelum saya membuatnya."

Sekarang saya memiliki ketertarikannya. "Apa lagi yang Anda masukkan ke dalamnya?"

"Nah, ada labu panggang madu dan daun bayam. Saya berpikir untuk menambahkan sedikit feta, tapi saya pikir... saat Natal, Anda akan lebih suka cheeseboard dengan brie atau keju asap, bukan?"

Rochelle menganggguk perlahan. "Oh, ya, itu akan luar biasa dengan sedikit brie. Mungkin dengan saus sambal manis juga?"

Tacey memikirkan hal itu. "Mungkin. Kami kehabisan sambal, tapi ada pesanan yang harus dikirim besok. Saya akan melihat bagaimana penjualannya hari ini, dan jika laris manis, besok saya akan membuat setengah pedas, setengah ringan."

"Tolong sisakan satu untuk saya. Hari ini dan besok," kata Rochelle.

Tacey berjanji untuk melakukan hal itu, saat dia menuju ke dapur. Tidak butuh waktu lama untuk membuat sandwich, dan setelah ditumpuk rapi di lemari bersama pilihan makan siang hari ini, ia memutuskan untuk beristirahat.

Tentu saja, saat itulah kesibukan makan siang dimulai, dan butuh beberapa jam sebelum ia memiliki waktu sejenak untuk menemukan nama pengacara yang layak untuk diajak bicara, dan satu jam lagi untuk membaca berbagai macam ulasan sebelum akhirnya ia mendapatkan satu nama: Dominic Lamont.

Tidak ada waktu seperti saat ini, katanya pada dirinya sendiri. Jika ia menunggu, kesibukan minum kopi di sore hari akan dimulai, dan ia tidak akan mendapatkan kesempatan untuk menelepon lagi sampai besok.

Dia memutar nomor, dan menahan napas.

Resepsionis menjawab pada dering kedua. "Ini Lamont and Partners. Bagaimana saya bisa mengarahkan panggilan Anda?"

Tacey membuka mulutnya, tapi tidak ada suara yang keluar. Dia berdeham dan mencoba lagi.

"Saya butuh pengacara untuk kasus hak asuh anak, dan saya ingin menyewa Dominic Lamont."

"Mr Lamont memiliki beban kasus yang penuh saat ini, dan dia tidak menerima klien baru, tetapi mungkin salah satu mitra kami yang lain..."

"Itu pasti dia. Mantan saya mencoba membunuh kami dan sekarang dia mencoba untuk mendapatkan hak asuh putri kami. Tolonglah, dia baru saja keluar dari penjara dan kasus ini pasti akan diliput media. Saya tahu Tuan Lamont lebih suka menangani kasus-kasus besar. Mantanku adalah Matthew Masters. Dia sudah ada di seluruh berita."

Jeda yang seakan-akan berlangsung selamanya. "Bisakah saya menahan Anda, tolong?"

"Tentu." Tacey bahkan tidak yakin dia bisa menyelesaikan kata-katanya sebelum musik piano yang kecil terdengar dari ponselnya. Enam puluh enam detik kemudian, lagu itu berakhir.

"Janji temu paling awal Tuan Lamont adalah Kamis depan pukul sepuluh."

Kurang dari dua hari sebelum Matt mengharapkan dia menyerahkan Rory. Bicara tentang menyerahkan segala sesuatunya pada menit terakhir...

Tacey memejamkan matanya. "Aku akan menerimanya."

Resepsionis kemudian menjelaskan bahwa Tuan Lamont mengenakan biaya konsultasi untuk waktunya, termasuk konsultasi awal seperti ini, dan bahwa Tacey diharapkan untuk membayarnya secara penuh sebelum pertemuan dapat d ilakukan...

Pada saat Tacey menutup telepon, dia telah memberikan semua detail yang diminta oleh si wanita kepada resepsionis, ditambah membayar lebih dari satu hari kerja hanya untuk mendapatkan pertemuan dengan si pria. Jika ulasan yang tersebar di internet itu benar - baik yang buruk maupun yang baik, tergantung apakah ulasan itu ditulis oleh kliennya atau mitra klien yang kesal - dia akan mendapatkan harga dua kali lipat lebih murah.

Apapun untuk Rory.

"Eh, Tacey? Apa kita masih punya susu almond? Oh, dan bisakah Anda memberi tahu saya apakah roti jahe itu vegan?" Rochelle menelepon.

Tacey mengintip ke dalam kafe. Kesibukan sore hari telah tiba. "Tidak untuk roti jahe, karena saya menggunakan telur...tapi roti pendeknya vegan.

Saya menggunakan olesan minyak zaitun sebagai pengganti mentega. Saya akan mencari susu almond di ruang pendingin."

Setelah perjalanan singkat ke ruangan yang sejuk, ia kembali ke konter dengan membawa susu almond dan susu gandum (untuk berjaga-jaga jika salah satu dari para vegan itu memiliki alergi kacang), dan tidak sempat memikirkan apa pun selain kopi atau makanan hingga cahaya matahari terbenam yang berwarna kemerahan mengubah bangunan di seberang jalan menjadi merah muda. Kemudian tibalah waktunya untuk memasukkan Rory ke dalam mobil, di mana Wystan sudah menunggu, sebelum pulang ke rumah untuk makan malam dan beranjak ke tempat tidur, sebelum memulai dari awal lagi esok hari.

Dua Puluh

"Sekali lagi, Nona Bell, saya tidak percaya dengan keberuntungan Anda. Anda pasti satu-satunya bangunan yang bebas hama di seluruh Fremantle." Petugas pengendali hama itu mengangkat tangannya. "Maksud saya bukan hanya bersih saja. Banyak tempat yang bersih, dan mereka masih belum bisa membasmi hama yang hidup di dinding. Semua bangunan tua ini, dan pelabuhan di dekatnya... belum lagi para backpacker di ujung jalan... kutu menjadi sangat buruk selama musim panas sehingga meluap ke kantor polisi. Anda beruntung tidak terkena di sini."

Tacey bergidik ngeri. Dia telah mendengar tentang wabah kecoa yang baru-baru ini menyerang para backpacker, karena itulah dia selalu melakukan inspeksi rutin. Bagaimana para backpacker itu tetap bertahan dalam bisnisnya ketika mereka memiliki lebih banyak tikus daripada tamu, dia tidak tahu. Tapi selama hama tidak datang ke Shut Up Café, itu adalah urusan manajer backpacker dan petugas kesehatan.

"Apa rahasianya?" tanyanya.

Tebakannya sama baiknya dengan tebakannya. Mungkin hanya keberuntungan, sebenarnya. T api... "Teman serumah saya melakukan mantra pengusir hantu di tempat ini ketika kami pertama kali mengambil alih kafe, karena saudara perempuan saya menemukan kecoak mati di lantai atas dan ketakutan. Kami belum pernah melihat kecoa lagi sejak itu, jadi mungkin mantranya berhasil."

Pria itu mendengus. "Itu sebenarnya lebih bisa dipercaya daripada cerita yang saya dengar dari salah satu backpacker. Dia yakin serangga-serangga itu adalah teman akrab Manusia Ngengat, dan melakukan apa pun untuk membasmi mereka akan membuat Manusia Ngengat mengutuk seluruh kota dengan ... apakah itu zombie? Saya pikir itu adalah zombie."

Tacey harus tertawa mendengarnya. "Yah, saya tidak akan menyangkal bahwa video Moth Man diambil dari kafe ini, tetapi saya belum pernah melihatnya, dan jika saya melihatnya atau tentara serangga apa pun, Anda akan menjadi orang pertama yang saya hubungi untuk membasminya. Saya ingat pernah memiliki ngengat dapur di rumah ketika saya masih kecil. Ulat belatung kecil itu ada di mana-mana. Ugh, tidak akan pernah lagi!"

Dia hanya menggelengkan kepalanya. "Ngengat dapur adalah yang paling sulit dicegah. Mereka masuk bersama bahan makanan Anda, dan kecuali Anda punya waktu untuk membekukan semuanya selama beberapa minggu sebelum Anda menggunakannya, setiap kantong tepung memiliki risiko." Dia mengetuk layar tabletnya. "Saat saya kembali ke kantor, saya akan meminta salah satu staf admin kami untuk mengirimkan laporan pemeriksaan akhir kepada Anda melalui email. Sekarang, kecuali jika ada wabah ngengat dapur yang tak terduga, saya akan menemui Anda lagi dalam enam bulan." Dia melambaikan tangan saat menuju keluar pintu, namun harus berhenti untuk mengizinkan seorang pria dengan troli yang penuh muatan untuk masuk.

"Bicara soal setan," Tacey mendengarnya berkata sambil berjalan pergi.

Tetapi Tacey terlalu sibuk mengurus persalinan sehingga tidak punya waktu untuk orang lain atau hal lain.

Akhirnya tepung yang tepat telah tiba.

"Letakkan satu tas di atas meja di dapur untuk besok pagi, dan susun sisanya di ruang penyimpanan," dia mengarahkan.

Butuh empat kali perjalanan, tetapi pada saat truknya berhenti di tepi jalan, Tacey sudah hampir siap untuk bernyanyi. Setelah berbulan-bulan mengalami kekurangan pasokan, keadaan mulai membaik.

Dua Puluh Satu

"Tapi saya tidak suka muffin cokelat! Yang cokelat itu tidak enak!" Rory berteriak.

Tacey mengusap matanya. Pertama putri Disney, sekarang cokelat? Kadang-kadang ia bertanya-tanya apakah Rory adalah seorang gadis. "Tapi kemarin kamu makan dua muffin cokelat, dan kamu tidak mau makan yang lain." Bahkan makan malam pun tidak, yang telah berubah menjadi pertandingan teriakan, dengan Rory yang paling banyak berteriak. Dia cukup yakin Octavia telah menyelipkan beberapa makanan untuknya, ketika mereka menonton TV.

"Nyonya Tacey, saya yakin Nona Rory membakar mulutnya di salah satu muffin kemarin.

Cokelat di dalamnya masih cair. Mungkin jika Anda memotongnya menjadi dua bagian sehingga bagian tengahnya menjadi dingin..." Wystan memulai.

Tidak hanya dia seorang pelindung yang lebih baik daripada Tacey, dia juga orang tua yang lebih baik. Mungkin Rory akan lebih baik bersama Matt. Dia mungkin akan lebih beruntung jika bisa membiasakan Rory makan makanan sehat.

Tacey mengeluarkan muffin yang berbeda. "Yang ini berisi apel dan kayu manis. Ini adalah salah satu yang pertama kali saya masak, dan rasanya sangat enak."

Rory bersemangat. 'Apakah renyah seperti apel?"

Hanya saja, foto yang satu ini sedikit berlebihan. "Ini di atas," aku Tacey.

"Yay!"

Tacey mengembuskan napas. Nah, itulah pertempuran sarapan yang dimenangkannya. Dia tidak sabar menantikan makan siang.

Di lantai bawah, bel berbunyi menandakan seseorang telah memasuki kafe.

"Aku akan kembali nanti dengan makan siang. Kamu jaga baik-baik Wystan, ya?" Tacey berkata, bergegas menuruni tangga.

Wanita yang menghampiri konter tampak samar-samar tidak asing. Bukan pelanggan biasa, tapi...

"Apa yang bisa saya bantu?" Tacey bertanya.

Wanita itu mengerutkan hidungnya. "Oh, saya di sini bukan untuk memesan sesuatu. Saya di sini untuk menyelidiki keluhan. Saya Rachael Smythe, salah satu Petugas Kesehatan Lingkungan dari Kota Fremantle. Kami menerima sejumlah keluhan minggu ini tentang serangan kecoa di sini."

Tacey tidak bisa menahannya. Dia tertawa. "Oh, tidak, itu bukan kami. Kamu mencari para backpacker. Mereka yang punya kecoak. Kami baru saja melakukan pemeriksaan hama kemarin, dan dia tidak menemukan satu pun. Tidak ada kecoak, tikus, atau bahkan laba-laba punggung merah." Mungkin mantra Callie benar-benar berhasil. Mengingat mantra pemanggilan di pemakaman telah menghasilkan Wystan, mungkin saja sihir itu memang ada. Dia tidak sabar untuk memberi tahu Callie, ketika dia pulang dari pernikahan itu.

Wanita itu mengeluarkan sebuah tablet dari dalam tasnya dan mulai mengusap layarnya. "Ini adalah Shut Up Café, bukan?"

"Ya..."

"Semua keluhan itu pasti ditujukan kepada kafe Anda, bukan kepada para backpacker. Oh, sepertinya beberapa keluhan diajukan oleh para backpacker, tetapi mereka mengatakan bahwa serangga ada di sini."

Tacey menggelengkan kepalanya. "Itu tidak mungkin. Petugas pengendali hama mengatakan tidak ada apa-apa. Semuanya ada dalam laporan."

"Tolong tunjukkan padaku."

Tacey menuntun jalan menuju dapur, tempat ia meninggalkan laptopnya. "Dia bilang dia akan m engirimkannya..." Tetapi ketika dia masuk ke akun emailnya, tidak ada email sama sekali dari perusahaan pengendalian hama tersebut. "Saya harus menelepon mereka dan meminta mereka mengirimkannya lagi."

"Kamu lakukan itu. Sementara itu, bolehkah saya melihat-lihat?"

Jika dia melihat Wystan... tapi dia bersembunyi dari petugas pembasmi hama kemarin, jadi dia mungkin akan melakukan hal yang sama hari ini.

Harus diakui, dia bisa memperingatkannya kemarin, sementara Rachael sepertinya tidak akan memberi Tacey kesempatan untuk melakukannya sekarang. Tacey menelan ludah. Mengecewakan petugas kesehatan tidak akan pernah berakhir dengan baik, dan dia tidak punya hak untuk menolak. Tidak seperti petugas polisi, petugas kesehatan lingkungan diizinkan untuk pergi ke mana pun mereka mau, di dalam wilayah hukum mereka. "Tentu," kata Tacey, berdoa kepada dewa mana pun yang mendengarkan agar Rachael melihat hal yang sama seperti pria kemarin. Tidak ada hama, tidak ada gargoyle, dan tidak ada masalah.

Bel berbunyi lagi, dan Tacey terpaksa kembali ke konter untuk menyajikan kopi kepada para pelanggan yang terus berdatangan, begitu banyak hingga ia hampir lupa dengan petugas kesehatan sampai Rachael berdehem.

Tacey menyerahkan cappuccino terakhir dan membersihkan tangannya dengan celemek. "Ya?"

Rachael hanya menggelengkan kepalanya. "Maukah Anda ikut dengan saya?"

Ketakutan menggumpal di dalam perut Tacey, meskipun dia tidak tahu mengapa. Kecuali jika

Wystan entah bagaimana melanggar kode keseh atan...

Tapi Rachael tidak menuju ke lantai atas. Sebaliknya, dia merunduk melalui dapur dan keluar ke ruang penyimpanan. Dia mendorong pintu hingga terbuka dan mundur. "Tolong jelaskan ini."

"Apa-apaan..." Tacey tergagap-gagap. Tempat itu penuh dengan kecoak raksasa, seperti sesuatu yang ada di film Indiana Jones. "Tak satu pun dari mereka yang ada di sini kemarin!"

Rachael mengangguk dengan simpati yang jelas. "Mereka tidak pernah. Dengar, aku akan memberitahumu. Ini adalah pelanggaran pertamamu, jadi aku akan memberimu peringatan. Tidak ada denda kali ini. Jika Anda segera memperbaikinya, seperti hari ini, saya mungkin bisa menghindari menutup Anda sepenuhnya, bukan hanya untuk sementara. Saya bisa kembali pada hari Jumat untuk melakukan inspeksi lanjutan, dan jika ada bukti bahwa Anda telah mengambil tindakan, dan tempat ini aman untuk menyajikan makanan lagi, mungkin Anda bisa buka pada akhir pekan."

Tacey menganga. Untuk beberapa saat, dia tidak bisa berkata-kata. Dan kemudian kemarahan melonjak melalui pembuluh darahnya, dan dia memiliki semua kata-kata. "Saya tidak bisa tutup sepanjang minggu! Besok. Kembalilah besok. Mereka semua akan pergi saat itu, sama seperti kemarin, aku bersumpah."

Rachael mengerutkan kening. "Kau sadar kalau aku kembali besok dan mereka masih di sini, aku harus menutupmu tanpa batas waktu, kan? Tapi hari Jumat..."

"Besok," Tacey bersikeras. "Saya akan menelepon petugas pengendali hama yang ada di sini kemarin dan membawanya ke sini hari ini."

Lima menit dan sebuah panggilan telepon yang putus asa kemudian - di mana Dave, sang pengendali hama, terdengar sama bingungnya dengan yang dirasakan Tacey - dan Dave sudah dalam perjalanan.

Rachael tidak punya waktu untuk menunggunya, tetapi dia setuju untuk kembali keesokan paginya, untuk memastikan apakah kafe akan dibuka besok atau tidak.

Dua Puluh Dua

"Maaf saya membutuhkan waktu lama. Ada orang bodoh yang menggulingkan truknya di jalan bebas hambatan, dan lalu lintas macet di tengah jalan menuju Joondalup. Sekarang, apakah Anda mengatakan bahwa Anda menemukan kecoa? Kecoa itu pasti terbang dari rumah sebelah, karena tempat ini lebih bersih daripada bak mandi ibu mertua saya pada hari pemeriksaan sewa." Dave masuk dengan membawa tas perkakas.

Tacey bahkan tidak bisa melihat ke dalam ruang toko. Dia benar-benar ingin percaya bahwa dia sedang berhalusinasi. "Inspektur kesehatan menemukan wabah kecoak di ruang penyimpanan. Lihat saja sendiri."

Dave mengangkat alisnya, lalu melangkah pergi sambil bergumam. Gumaman itu berubah menjadi sumpah serapah yang keras ketika dia menemukan mereka.

Beberapa jam kemudian, ketika Dave mengumumkan bahwa semua serangga terakhir telah mati, Tacey hampir tidak ingin masuk untuk melihat pembantaian itu. Tapi Dave bersikeras.

"Saya sudah bilang, jika ada hama yang masuk, mereka akan masuk bersama persediaan Anda. Yang diperlukan hanyalah satu karung tepung - yang ini." Dia menyenggol karung yang tersangkut dengan kakinya.

Tidak seperti yang lain, yang satu ini telah diiris terbuka di bagian atasnya. Kemudian Tacey mencermati lebih dekat.

"Ini tidak ada dalam kiriman kemarin. Ini tepung yang salah. Tepung yang kuat. Kami mendapatkannya sebulan yang lalu, karena hanya itu yang dimiliki oleh pemasok, tetapi muffin dan kue keringnya tidak sesuai. Jadi saya membuang satu kantong terbuka yang kami miliki, dan mengirim sisanya kembali. Tas ini ada di tempat sampah di belakang. Seseorang pasti membawanya ke sini, penuh dengan serangga..." Tacey bergidik.

"Hanya jika mereka mengisinya dengan kecoak terlebih dahulu. Anda mungkin akan mendapatkan beberapa di dalam kantong di tempat sampah, atau setengah lusin, apalagi dengan wabah yang ada di sebelah, tapi sebanyak ini? Seseorang telah mengisi kantong itu sebelum mereka memasukkannya ke dalam kafe Anda," kata Dave.

"Salah satu orang dari para backpacker?" Dari situlah keluhan itu berasal, jadi seseorang di sana pasti tahu.

"Seseorang di sana pasti sangat membenci Anda, melakukan hal seperti ini," kata Dave.

Tacey hanya bisa menggelengkan kepalanya. "Tapi mereka semua mendapatkan diskon sepuluh persen di sini, jika mereka menunjukkan kuncinya. Saya tidak bisa membayangkan mengapa ada orang di sana yang ingin menutup tempat ini."

"Yah, seseorang benar-benar membencimu, hanya itu yang bisa saya katakan," kata Dave. Dia mengangguk ke arah jendela, yang kini terbuka lebar untuk mengeluarkan asap berbahaya dari ruang penyimpanan. "Kau juga harus memperbaiki gerendel itu. Itu tidak menutup dengan benar. Siapa pun bisa masuk dengan cara itu."

Mungkin begitulah awal mula karung berisi serangga itu dibawa masuk. Itu tidak masuk akal, karena Tacey tidak pernah membuka jendela itu. Dia pernah mencobanya saat pertama kali mereka pindah, tapi jendela itu terkunci rapat. Sekarang, tampak seperti ada seseorang yang mengikis gerendelnya dengan pahat, mengikis cat yang sudah berumur puluhan tahun untuk memperlihatkan rangka kayu di bawahnya.

"Seseorang benar-benar memiliki dendam di sana, jika Anda bertanya kepada saya," kata Dave. "Apakah Anda yakin tidak punya musuh?"

Tacey membuka mulutnya untuk menyangkalnya, dan kemudian teringat Matt. Dia pernah mengerjai kantin sekolah dengan sekantong serangga saat mereka mengganti resep roti bawang putih. Dia membanggakan hal itu kepadanya secara pribadi, setelah itu, karena dia sangat bangga karena tidak ketahuan.

Apakah dia mencoba menyiksanya, sekarang juga?

"Tacey?"

Dia menggelengkan kepalanya. Dave telah berbicara dengannya, dan dia tenggelam dalam pikirannya. Dia tidak punya waktu untuk itu. Dia harus memperbaiki ini, sekarang. "Maaf?"

"Saya katakan, saya baru saja meminta kantor untuk mengirimkan laporan inspeksi kemarin melalui email. Saya akan menulisnya hari ini dan mengirimkannya malam ini juga. Atau apakah Anda lebih suka saya mengantarkannya secara pribadi?"

Hatinya membengkak karena kebaikan tersebut. "Inspektur kesehatan akan datang ke sini jam tujuh pagi besok, saat kami buka. Jika Anda bisa datang ke sini untuk menceritakan apa yang Anda lihat, saya akan sangat berterima kasih. Saya bahkan akan memberikan kopi dan sarapan gratis."

Dia bersemangat. "Apakah Anda membuat muffin bacon dan telur itu? Bukan yang Anda dapatkan di Maccas, tapi yang hanya berupa sedikit roti di bagian luarnya, penuh dengan daging asap dan telur di bagian tengahnya, semuanya dibungkus dengan kertas muffin?"

Dia belum melakukannya untuk sementara waktu, tapi dia akan dengan senang hati membuatnya jika dia mau membantunya melewati pemeriksaan kesehatan besok. "Tentu saja."

"Kalau begitu, sampai jumpa jam tujuh."

Dave pun pergi, dan Tacey pun menutup restorannya, meskipun saat itu belum waktunya makan malam. Besok, dia akan buka kembali dan semuanya akan baik-baik saja.

Dia berjalan dengan susah payah menaiki tangga menuju tempat Rory menebarkan spidol di seluruh lantai. Kecuali spidol-spidol itu bukan lagi spidol dalam permainannya - masing-masing spidol memiliki suara dan rencana pengecut yang berbeda, atau begitulah kelihatannya. Rory ternyata sangat ahli dalam menirukan suara penjahat.

"Nona Tacey, saya sudah memeriksa seluruh bangunan. Tidak ada lagi kutu di dalam dinding, atau di mana pun," kata Wystan, yang muncul entah dari mana.

Tacey memaksakan diri untuk mengangguk. "Terima kasih. Itu berarti mereka benar-benar hanya ada di ruang penyimpanan. Seseorang menaruhnya di sana. Kalau saja kita punya kamera pengintai di ruang penyimpanan..." Tapi mereka hanya memiliki satu kamera yang telah dirusak Wystan, dan itu berada di kafe utama. Jendela ruang penyimpanan membuka ke halaman di belakang hostel - yang hanya bisa diakses oleh orang-orang yang tinggal di hostel. Matt tidak akan tertangkap basah berada di tempat seperti itu. Tapi siapa lagi yang bisa? Dia hanya bisa menggelengkan kepalanya. "Saya hanya perlu memasang kembali baut-baut yang mati di jendela belakang, dan kemudian matahari akan terbenam, jadi kita bisa pulang. Kita bahkan bisa membeli makanan di tengah jalan, daripada memasak. Apa yang kamu inginkan, Rory?"

Dia telah meminta Wystan, tapi dia menolak untuk memakan apa pun yang dia berikan. Bahkan muffinnya, dan dia tahu itu enak.

"Chicky nuggies!" Rory berteriak.

Begitu banyak hal yang bisa dilakukan untuk makan sehat. Tapi Tacey terlalu lelah untuk berdebat. "Tentu," hanya itu yang dia katakan, saat dia menuju ke bawah untuk menggali bor.

Dua Puluh Tiga

Bell House sangat gelap ketika Tacey berhenti di luar. Mobil Octavia juga tidak ada. Malam yang lain sendirian, setelah dia menidurkan Rory dan Wystan pergi berjaga-jaga di atap. Sendirian di rumah yang terisolasi ini, dikelilingi oleh semak-semak, di mana siapa pun atau apa pun bisa bersembunyi...

"Tidak ada seorang pun di sini kecuali kita, nyonya," kata Wystan, seolah membaca pikirannya.

Tacey berani bernapas lagi. Tentu saja Matt tidak akan berada di sini. Dia bukan tipe orang yang menguntitnya, atau menyerangnya secara fisik. Dia lebih suka mengerjai, seperti karung kecoa dan pengaduan ke departemen kesehatan.

Sekarang dia memikirkannya, dia mungkin membuat laporan-laporan itu sendiri, mengaku sebagai backpacker palsu yang berbeda. Dia mungkin sedang berada di rumah orang tuanya di tepi sungai, sambil menikmati makan malamnya yang mahal, yang sebenarnya tidak perlu dia masak.

Cukup tentang dia. Dia sudah sampai di rumah, dan dia harus segera menyuapi Rory makan dan bersiap-siap untuk tidur. "Oke, masuklah ke dalam dan mandi untuk makan malam," katanya sambil melangkah keluar dari mobil.

"Aku tidak lapar! Wystan bilang dia bisa membawaku terbang, seperti orang Mandalorian!" Rory melompat keluar, dan mulai menukik mengelilingi mobil, dengan kedua tangannya terentang seperti sayap.

Sejak kapan Tuan Monster menjadi Wystan bagi Rory? Tacey hanya menggelengkan kepalanya. Itu tidak penting. Rory tidak akan terbang bersamanya - tidak sekarang, tidak akan pernah. "Makan malam dulu. Lalu, mungkin setelah makan malam, kita lihat saja nanti."

"Tapi aku sudah makan makan malam, Mami. Tidak ada nugget yang tersisa!" Rory memprotes.

Tacey sudah pernah mendengar hal itu sebelumnya, dan dia juga tidak mempercayainya sekarang. Baru setelah dia membongkar kantong kertas di atas meja makan, dia baru menyadari bahwa Rory mengatakan yang sebenarnya. Kotak nugget yang sudah robek itu memang kosong, dan semua tomat ceri yang ada di dalam salad Tacey juga hilang.

"Bolehkah aku terbang sekarang, Bu?"

"Aku bersumpah dia akan aman bersamaku di udara seperti halnya di darat, Nyonya Tacey," kata Wystan dari beranda.

Tacey memejamkan matanya. Dia cukup mempercayainya untuk menjaga Rory, tapi... manusia tidak ditakdirkan untuk terbang. Dan Rory sudah lelah, yang berarti terlalu banyak kegembiraan akan membuatnya tidak bisa tidur. Kemudian lagi, jika dia mengamuk karena Tacey tidak mengizinkannya terbang, dia juga tidak akan bisa tidur...

"Izinkan saya untuk menunjukkannya kepada Anda, Nyonya Tacey." Dia mengintip melalui pintu layar depan, bayangan besar yang seharusnya menakutkan, tetapi dia justru merasa tenang. Dia bisa saja merobek pintu itu dari engselnya, atau melubangi kasa dengan satu pukulan, tapi dia menghormati aturannya untuk tidak mengizinkan monster masuk ke dalam rumah.

Dia sudah gila karena mempertimbangkan hal ini.

Ibu akan berteriak padanya karena tidak bertanggung jawab, dan bagaimana dia lebih baik mati daripada menempatkan salah satu putrinya dalam risiko seperti itu.

Octavia mungkin hanya akan tersenyum dan menyuruhnya untuk melakukannya.

Callie, di sisi lain, akan berdiri di beranda dengan tangan terlipat, mengawasi Wystan seperti elang saat dia mengancamnya dengan segala macam kutukan mengerikan jika ada hal buruk yang terjadi pada keluarganya. Kutukan yang mungkin bisa saja dia wujudkan, sekarang Tacey memikirkannya.

Jika gadis-gadis lain ada di sini, mereka pasti akan menyeretnya ke beranda dan memaksanya untuk melakukan hal ini, lalu bertepuk tangan dan bersorak sepanjang Wystan mengudara.

Tacey mengertakkan gigi, mengambil sisa makan malamnya, dan melangkah ke beranda. "Oke, kalau begitu. Tunjukkan padaku," katanya.

"YAY!" Rory bersorak, naik ke salah satu kursi di luar untuk menonton.

Dua Puluh Empat

Dengan Tacey berdiri di depannya, nyaris bergetar karena marah, Wystan hampir mundur dan berubah pikiran. Untuk terbang bersamanya, dia harus menggendongnya, dan memeluknya erat-erat, padahal dia belum pernah menyentuh seorang wanita pun sejak istrinya meninggal.

"Ayo, Tuan Monster, buat Mummy terbang!" Rory menangis.

Wystan memejamkan matanya. Dia tidak bisa mengecewakan anak itu.

"Letakkan lengan Anda di leher saya," instruksinya.

Meskipun udara musim dingin dan sweater tebal yang dikenakannya, dia masih bisa merasakan panas tubuhnya saat dia melakukan apa yang dia minta.

Dia ingin merangkulnya di sekitar pinggang, menekan tubuhnya dengan erat ke tubuhnya, saat dia meluncur tinggi ke udara, tetapi dia takut kontak dekat seperti itu akan membuatnya lebih takut daripada terbang. Jadi, dia mengangkatnya seperti pengantin baru yang akan dibawa melewati ambang pintu dan memberikan beberapa kepakan malas, sebelum dia mengangkatnya dari tanah.

Lengannya mengencang di lehernya saat dia perlahan terbang di halaman, dan kembali lagi, kakinya hampir menyentuh rumput, dia terbang sangat rendah. Dia melakukan putaran kedua di halaman, sebelum kembali ke beranda.

"Anda bisa melepaskannya sekarang," katanya.

Tacey berkedip. "Baiklah." Beberapa saat kemudian, dia melepaskan lengannya dari leher Tacey dan melangkah pergi.

Hilangnya bobotnya yang hangat sangat memukulnya, di mana hatinya pernah berada. Dia ingin terbang bersamanya lagi. Lebih tinggi, lebih jauh, lebih cepat... memeluknya lebih dekat.

Bahkan mungkin memeluknya lebih lama lagi, jika dia mengizinkannya. Lain kali, dia berjanji pada dirinya sendiri. Jika dia bersedia.

Rory melompat-lompat. "Giliranku! Giliranku!"

Tacey mengerutkan kening, tapi dia mengangguk. "Baiklah. Selama kamu berpegangan erat, dan sangat berhati-hati, dan jangan terbang terlalu tinggi."

Wystan mengulurkan tangannya ke arah gadis kecil itu. Rory yang tak kenal takut melompat ke dalam pelukannya, memeluknya lebih erat daripada yang dilakukan ibunya.

Dia mengira menggendong Tacey akan menjadi tantangan terbesar, tetapi Rory... di antara wajahnya yang berseri-seri, tawa yang keluar dari mulutnya, dan cengkeraman tangannya yang penuh kepercayaan pada dirinya... rasanya seperti mimpi. Seperti sedang menggendong putrinya sendiri, hidup dalam pelukannya, untuk pertama kalinya. Surga, tentu saja, dan surga yang tidak pantas dia dapatkan.

Kecuali jika dengan melindungi Rory dan Tacey, dia bisa mendapatkan tempat di surga di samping Effie.

Di bawah tatapan penuh perhatian Tacey, ia terbang bolak-balik melintasi halaman, menikmati setiap momen. Tacey tidak mungkin memberinya hadiah yang lebih besar lagi, dan dia akan sangat berterima kasih untuk itu. Dia merasa kasihan pada ayah gadis itu, yang tidak pernah merasakan kegembiraan seperti itu. Sama seperti Wystan sendiri yang belum pernah merasakannya sampai saat ini.

Tak lama kemudian, Tacey bangkit dari tempat duduknya, memasukkan bungkusan kosong yang berisi makan malamnya ke dalam tas yang telah dibawanya. "Baiklah. Waktunya tidur, Rory," katanya dengan lembut.

Wystan mendarat dengan hati-hati di geladak, membungkuk untuk membantu Rory berdiri lagi. Tapi Rory tidak melepaskannya sampai dia mendaratkan dua ciuman besar di pipinya dan berterima kasih, tanpa diminta oleh ibunya.

Kemudian dia berlari ke dalam, di mana Wystan tahu bahwa dia tidak bisa mengikutinya. Tetapi Tacey melakukannya, dan hatinya ikut bersama mereka.

Dua Puluh Lima

Rory menguap sepanjang jalan menuju kamar mandi, terkulai saat ia menyikat gigi, dan matanya sudah terpejam saat kepalanya menyentuh bantal. "Bukankah terbang itu menyenangkan, Mummy?" gumamnya.

Tacey mencium pipinya. "Memang benar." Dia mengucapkan selamat malam kepada Rory dan menutup pintu di belakangnya.

Seorang ibu yang bijaksana akan pergi ke dapur, membersihkan sisa-sisa makan malam mereka, mengisi mesin pencuci piring, dan mungkin melihat apakah mereka perlu menambahkan sesuatu ke dalam daftar belanjaan. Mencuci pakaian, sehingga dia bisa memasukkannya ke dalam pengering semalaman.

Tapi malam ini dia merasa tidak enak badan. Tentu saja, dia telah memenuhi kewajibannya sebagai seorang ibu, memastikan Rory aman, diberi makan, dan tidur, jadi sekarang waktunya untuk dirinya sendiri. Yah, dalam batas-batas tertentu. Ia tidak bisa meninggalkan Rory sendirian di rumah, jadi ia tidak bisa melakukan apa yang dilakukan oleh orang-orang berusia dua puluh tahunan yang ia kenal, pergi ke pub atau semacamnya.

Pub sedang tutup. Namun ada beberapa botol sari buah apel di lemari es, jadi dia mengambil dua botol dan membawanya ke beranda. Lampu-lampu masih menyala di luar sana, tapi bayangan Wystan yang besar telah menghilang. Dia naik ke atap untuk berjaga-jaga.

"Mau turun dan berjaga di sini sebentar, sementara kita minum satu atau dua gelas sari buah?" ajaknya dengan suara lantang. Tidak terlalu keras, karena dia tidak yakin apa yang akan dia lakukan jika pria itu benar-benar menerima ajakannya, jadi mungkin lebih baik dia tidak melakukannya.

Kecuali... sebuah bayangan besar menyapu halaman, berputar jauh lebih cepat daripada yang dia lakukan dengan dirinya sendiri atau Rory, dan di sana dia berdiri di bagian bawah anak tangga, dengan sayap terentang seperti mimpi terburuk Batman.

Tapi bukan miliknya.

Ia mengulurkan sebuah botol sari buah. "Mau?"

Dia melipat sayapnya dan melangkah menaiki tangga, tetapi dia tidak mengambil botol itu. "Tidak, terima kasih, Nyonya Tacey. Terima kasih telah mengizinkan saya membawa Nona Rory terbang. Saya yakin dia menikmatinya."

"Saya seharusnya berterima kasih kepada Anda. Anda membuatnya sangat lelah, dia mungkin sudah memimpikannya." Dia mengerutkan kening. "Kenapa kamu tidak mau menerima makanan atau minuman? Maksudku, kau harus makan, kan? Jika masakanku tidak enak, aku akan khawatir, tapi aku sudah menjalankan Shut Up Café cukup lama sehingga aku tahu tidak ada yang salah dengan masakanku, jadi tidak mungkin seperti itu. Bukan berarti saya tidak akan meracuni Anda atau apapun. Sari buahnya masih tersegel. Kamu bisa memilihnya, dan aku akan meminum botol yang satunya lagi."

"Saya berterima kasih atas tawaran keramahan Anda, selalu, tetapi saya tidak membutuhkan makanan. Gargoyle tidak makan atau minum, karena kami terbuat dari batu hidup. Saya tidak ingat kapan terakhir kali saya minum segelas sari buah apel, tetapi saya yakin kualitasnya lebih buruk dari apa pun yang Anda tawarkan."

Sekarang dia telah membuat Tacey penasaran. Tacey membuka botolnya dan meneguknya. "Jadi kau tidak selalu menjadi gargoyle?"

"Tentu saja tidak. Saya pernah menjadi manusia, sama seperti Anda."

Semua detail kecil yang dia perhatikan dan dia singkirkan sebagai sesuatu yang aneh mulai terjalin bersama. Cara dia menyebut mobilnya sebagai kereta. Keinginannya untuk menggunakan gelar untuk dirinya dan Rory, atau sarannya bahwa mereka membutuhkan seorang pelindung pria dalam hidup mereka. Yah, mereka mungkin memang membutuhkannya saat ini, tapi secara um um...

"Sudah berapa lama Anda menjadi gargoyle?" tanyanya dengan hati-hati.

Dia mengangkat bahu. "Saya tidak tahu. Saya terbangun ketika Anda memanggil saya, seperti yang Anda lihat sekarang. Sebelum itu, saya ingat menjadi seorang pria."

"Jadi, Anda hanya menjadi gargoyle selama beberapa minggu, dan Anda bisa terbang seperti sudah melakukannya selamanya. Aku yakin burung-burung berharap mereka bisa melakukan itu." Dia menghabiskan botol sari apelnya. "Aku berharap aku bisa melakukan itu." Kata-kata itu meluncur keluar, hampir dengan sendirinya.

Dia mengangkat alisnya. "Saya tidak menyadari bahwa Anda menikmati terbang."

Dia merasa pipinya panas, dan sangat bersyukur dia duduk di dalam bayangan, di mana dia tidak bisa melihat rona merahnya. "Itu semua adalah hal yang baru bagi saya. Tidak ada pria yang pernah menggendong saya seperti pengantin sebelumnya, dan ini juga pertama kalinya saya terbang."

"Jika Anda menginginkannya, saya akan terbang bersama Anda lagi. Kami hampir tidak mengudara selama satu atau dua menit, sebelum Nona Rory mendapatkan gilirannya. Saya dengan senang hati akan terbang bersama Anda selama yang Anda inginkan."

Godaan mengejeknya untuk menerimanya. Dia membiarkan Rory pergi bersamanya, dan dia merasa sangat, sangat aman. Dia tahu Wystan tidak akan menjatuhkannya, dan sekali saja, dia ingin... dia ingin...

"Ya, silakan."

Dua Puluh Enam

Bahkan ketika Wystan mengajukan tawaran tersebut, dia bisa melihat penolakan di mata Tacey. Jadi ketika bibirnya berkata, "Ya, silakan," dia tidak yakin apakah dia mendengar dengan benar. Menggendong seorang anak yang masih hidup dalam pelukannya malam ini adalah satu hal, tetapi seorang wanita juga, untuk lebih dari sesaat...

Tacey mengunci pintu, sehingga Rory aman di dalam. "Rory menyukai Mandalorian, tetapi ketika saya masih kecil, saya lebih menyukai Superman. Saya ingin menjadi Lois Lane, saat dia menerbangkannya ke atas awan untuk melihat bintang-bintang." Dia menatap awan yang sudah berlayar dari barat. Besok akan turun hujan, Wystan yakin akan hal itu, tapi masih akan kering selama beberapa jam. Cukup lama untuk menerbangkan Tacey cukup tinggi untuk melihat apa yang diinginkannya.

Dia tidak pernah berani terbang setinggi itu, tetapi dengan dia dalam pelukannya, dia akan berani melakukan apa saja. Terutama jika dia memerintahkannya.

"Jika Anda sudah siap, letakkan lengan Anda di leher saya sekali lagi, dan pegang erat-erat," kata Wystan.

"Tapi jangan terlalu ketat. Kamu masih perlu bernapas," katanya sambil tertawa kecil sambil melingkarkan tangannya di lehernya.

"Saya tidak perlu bernapas, sama seperti saya tidak perlu makan atau minum. Saya hanya butuh udara untuk berbicara," akunya. "Dan saya juga tidak butuh tidur, jadi saya bisa tetap waspada sepanjang siang dan malam, untuk menjaga Anda tetap aman."

"Kedengarannya ideal. Saya rasa saya bahkan sedikit iri. Tidak perlu makan atau tidur...pikir kan semua waktu yang saya miliki!" Kata Tacey.

"Ditambah lagi Anda bisa terbang. Saya rasa saya ingin menjadi gargoyle."

"Anda tidak akan mengatakan itu jika Anda menghabiskan sebagian besar minggu ini, tersiksa oleh aroma kopi, muffin, kue, dan semua jenis makanan yang tidak dapat saya cicipi tetapi pasti dapat saya cium, sementara saya mengawasi Nona Rory di kafe Anda. Anda adalah juru masak yang luar biasa, Nyonya Tacey."

Dia tertawa. "Kata orang yang tidak pernah mencicipi satu gigitan pun dari apa pun yang saya masak. Dan aku pun punya kelemahan. Ikan, misalnya. Saya bisa memasak kue-kue yang paling rumit - croissant, kue sus, kue tart - tetapi saya tidak bisa, seumur hidup saya, memasak fillet ikan tanpa hancur atau gosong."

Sekarang giliran Wystan yang tertawa. "Padahal saya takut ikan adalah satu-satunya yang bisa saya masak. Utuh atau diiris di atas api, atau dipotong-potong dalam rebusan. Selama masa-masa terakhir kehamilan istri saya, ia tidak mau makan apa pun kecuali ikan, dan saya, sebagai suami yang baik, akan pergi menangkap ikan untuknya, dan memasaknya sesuai arahannya. Kami mungkin akan mati kelaparan di pantai di koloni ini jika bukan karena keinginan Effie untuk makan ikan."

Tacey menegang, tubuhnya tidak lagi menempel pada tubuhnya. "Dan bagaimana pendapat istrimu tentang kamu yang menjaga Rory dan aku, bukannya di rumah bersamanya?"

Oh, seandainya saja dia tahu jawabannya. Dia berharap dia akan berada di suatu tempat bersama putri mereka, di mana kekhawatiran seperti itu tidak lagi penting. "Effie meninggal saat melahirkan hampir dua ratus tahun yang lalu. Tidak ada hari dimana saya tidak merindukannya, atau berharap saya bisa meminta pendapatnya tentang seribu hal yang berbeda. Dia mungkin akan menyukai Anda dan menyayangi Rory, karena dia memiliki hati yang sangat besar untuk seorang wanita sekecil itu. Saya akan memberikan hidup saya untuknya, atau untuk putri kami, tetapi kematian menjemputnya dengan cepat, saya tidak pernah memiliki kesempatan." Dia beruntung karena gargoyle tidak bisa menangis, karena dia hampir saja melakukannya, dan apa yang akan dipikirkan Tacey tentang seorang pelindung yang lemah dan menangis?

"Saya turut berduka, Wystan. Itu pasti sangat buruk bagimu, kehilangan keluargamu seperti itu. Aku bahkan tidak bisa membayangkan apa yang akan kulakukan jika aku kehilangan Rory..." Dia menelan ludah. "Tolong, bisakah kita terbang sekarang? Sebelum aku takut atau mengatakan sesuatu yang lebih bodoh lagi, dan kau memutuskan ini adalah ide yang buruk."

Dia terkekeh. "Kamu bukan pengecut, Tacey Bell. Bahkan, saya pikir Anda mungkin wanita paling berani yang pernah saya kenal."

Dia mendengus. "Kamu belum pernah bertemu Octavia atau Callie, kalau begitu. Hal-hal yang mereka lakukan... maksudku, memanggilmu adalah ide Callie. Aku tidak akan pernah mempertimbangkannya jika aku tahu mantra itu akan memanggil monster yang sebenarnya."

"Namun, Andalah, dan bukan salah satu dari wanita lain, yang berdiri di sini sekarang, dengan tangan Anda di leher monster, memintanya untuk membawa Anda terbang. Anda mempercayakan saya dengan putri Anda, orang yang paling berharga di dunia bagi Anda, meskipun Anda tahu saya adalah monster." Dia mencondongkan tubuhnya, menempelkan wajahnya ke tenggorokannya, dan menggeram, "Apa kamu tidak takut padaku, Tacey?"

Rasa menggigil menjalar ke seluruh tubuhnya, namun cengkeramannya di leher pria itu semakin kencang. "Seharusnya begitu."

Suaranya serak, lebih serak dari biasanya. Dia mengangkat kepalanya untuk bertemu dengan tatapannya dan dia pun hilang.

Beberapa saat kemudian, dia muncul ke permukaan, bibirnya menempel di mulutnya, lidahnya terjalin dengan lidahnya ... dan tangannya mencengkeram pinggulnya dengan sangat kuat, untung saja ada begitu banyak pakaian di antara mereka, atau dia mungkin telah memperkosanya.

Dia mematahkan ciuman itu, karena dia tidak berdaya untuk menolak. "Maafkan aku. Aku h arus... selamat malam." Dan kemudian dia pergi, mengunci pintu di belakangnya.

Sial dan ledakan dan... mengapa celana kali ini sangat ketat?

Sambil menggerutu, Wystan menuju ke atap, di mana angin malam dapat mendinginkan semangatnya dan menjernihkan pikirannya, sehingga ia dapat fokus untuk menjaga keselamatannya.

Dan yang pasti tidak memikirkan apa yang akan dia kenakan untuk tidur malam ini, di kamar tidurnya di bawah.

Tidak, sama sekali tidak memikirkannya.

Dua Puluh Tujuh

"Apakah kamu tidak takut padaku?"

Setengah malam, dia tidak bisa tidak mengulang momen-momen itu di kepalanya. Cara pria itu menggeram di lehernya, mengirimkan getaran tepat di tulang belakangnya hingga ke intinya, memanaskan seluruh tubuhnya dari dalam ke luar. Dan kemudian dia menciumnya, hanya Tuhan yang tahu mengapa, dan itu adalah ciuman terpanas dan paling sempurna dalam hidupnya.

Dia tersadar ketika dia menyadari bahwa penis yang keras dan menekan perutnya itu sama bernafsunya dengan dia, dan dia hampir saja melingkarkan kakinya di sekeliling penis itu dan menusukkan dirinya ke penis itu, tanpa peduli pakaiannya.

Seks monyet gila dengan monster di berandanya di musim dingin, demi Tuhan. Apa ada yang lebih gila lagi? Jika ada orang yang tahu bahwa dia memikirkan hal itu, mereka pasti akan mengambil Rory darinya, dan mereka benar, karena kondisi mentalnya saat ini sama sekali tidak mirip dengan orang tua yang bertanggung jawab.

Tiga kali dia harus menjaga dirinya sendiri, dia menjadi sangat panas hanya dengan memikirkannya. Lebih baik daripada mengundang monster itu ke tempat tidurnya, tidak peduli seberapa besar keinginannya.

Jadi, tidak heran jika dia merasa seperti orang yang sangat payah keesokan paginya saat dia membuka matanya dalam kegelapan fajar.

"Mummy! Bisakah kita terbang lagi malam ini?" Rory masuk ke dalam kamar dan melompat-lompat di atas tempat tidur, begitu penuh energi sehingga terasa cabul.

"Kita lihat saja nanti," kata Tacey, sambil memaksakan diri bangun dari tempat tidur. Dia harus meyakinkan seorang inspektur kesehatan, dan sebuah kafe yang harus dibuka.

Dia tidak yakin apa yang harus dikatakan kepada Wystan pagi ini. Ciuman itu dan apa yang hampir terjadi di antara mereka... tidak, Rory tidak perlu tahu semua itu. Tacey berharap dia tidak mengingatnya.

Wystan tampak sangat tenang, seolah-olah ciuman semalam tidak berarti apa-apa baginya. Pria itu terbuat dari batu - mungkin dia tidak merasakan nafsu, atau cinta, atau ... apa pun. Beruntung.

Pagi hari Tacey berlalu dalam kabut kopi, dan beberapa muffin yang tidak cukup untuknya. Rachael sang inspektur kesehatan dan Dave sang pengendali hama ternyata adalah rekan kerja yang pernah bekerja bersama di Esperance beberapa waktu lalu, dan ketika dia menjelaskan situasi kecoak, Tacey mempercayai perkataannya, tidak hanya dengan senang hati membiarkan kafe buka seperti biasa pada hari itu, tetapi juga menerima kopi dan muffin agar dia dapat bertemu dengan Dave di sebuah meja di pojokan sebelum dia harus masuk kantor.

Sambil menggelengkan kepala melihat keanehan dunianya, Tacey mencoba berkonsentrasi pada cappuccino yang seharusnya ia gunakan untuk menggambar. Mungkin dia harus tetap menggunakan stensil dengan bubuk kakao hari ini, karena seni abstrak bukanlah salah satu kekuatannya.

Jika Ben dan Rochelle melihat burung yang seharusnya kelinci pada kopi terakhir, mereka pasti akan tertawa terbahak-bahak, dan memang seharusnya begitu.

Untung saja Ben tidak berada di kafe pada siang hari. Benar-benar burung hantu malam, anak itu.

Dua Puluh Delapan

"Maukah Anda menyelamatkan saya dari monster yang mencoba membunuh mumi saya, Tuan Monster?" Rory bertanya, tanpa menengok dari gambarnya. "Dia punya banyak serangga, kata Mummy, karena dia membawa sekantong penuh serangga ke sini dan mereka pergi ke mana-mana. Saya tidak suka serangga, dan saya terutama tidak suka jika Mummy tidak ada di sana untuk menampar mereka." Ia bertepuk tangan seolah-olah ingin mendemonstrasikan teknik memukul serangga milik ibunya.

Wystan meringis. Hatinya hancur membayangkan seorang gadis yang tumbuh dewasa, percaya bahwa ayahnya adalah monster. Namun, semakin banyak yang dia lihat dan dengar tentang pria itu, semakin dia cenderung percaya bahwa Tacey benar.

"Anda harus menyelamatkan saya. Saya mendengar Mummy berbicara dengan Nenek di telepon tadi malam, ketika saya seharusnya tidur, dan dia berkata jika pengacara tidak mau menolongnya, dia harus menyerahkan saya kepadanya. Aku tidak mau pergi. Saya ingin tinggal bersama Ibu. Dan kau."

Hatinya, jika masih punya, sedang berolahraga hari ini. Gadis kecil itu tidak tahu apa yang dia minta, tapi sungguh manis bahwa dia cukup menyukainya dan ingin dia tetap tinggal. Surga tahu dia ingin, tapi dia tidak yakin berapa banyak waktu yang dia miliki. Dia berada di sini untuk melindungi Rory dan Tacey, tapi dia tidak tahu apakah itu berarti selamanya atau hanya untuk waktu yang singkat, selama ancaman yang ada saat ini. Setelah selesai, mungkin dia akan diizinkan untuk mati lagi, karena pastinya dia sudah mati, terbangun di dalam kubur, dan dia akan berkumpul kembali dengan Effie dan bayinya.

Dia akan merindukan Rory dan Tacey, tentu saja, tapi setidaknya dia tahu mereka aman, berkat dia. Kecuali... apakah mereka akan selamat? Jika mereka adalah keluarganya, dia tidak akan beristirahat sampai dia bertemu kembali dengan mereka. Monster atau bukan, pasti ayah Rory menginginkan hal yang sama?

Yang berarti bahwa dia mungkin akan menjadi pelindung Tacey untuk beberapa waktu. Mungkin seumur hidupnya, atau seumur hidup Rory. Pikiran itu menghangatkan jantungnya yang tak lagi berdetak. Mungkin akan ada ciuman lain dari Tacey di masa depannya, meskipun dia tampaknya telah menyesali atau melupakan ciuman pertama mereka.

Namun, jika dia memiliki waktu seumur hidup di sisinya, akan ada kesempatan lain. Rory akan memintanya untuk terbang bersamanya lagi, dan dia akan menawarkan untuk membawa Tacey juga. Di atas awan untuk melihat bintang-bintang, seperti manusia super yang pernah dibicarakannya.

Sesuatu menarik lengannya dengan kuat. Untuk seorang gadis sekecil itu, Rory memiliki kekuatan yang mengejutkan. "Kau harus berjanji, Tuan Monster!"

Wystan menggenggam kedua tangannya. "Rory Bell, aku berjanji akan melindungimu dengan segenap kekuatanku."

Rory bersorak, melepaskan diri dari genggamannya dan menari-nari di sekitar ruangan. "Yay! Bisakah kita terbang sekarang?"

Kalau saja. "Tidak sampai hari gelap, dan hanya jika ibumu setuju," katanya.

Dia ragu Tacey akan melakukannya, karena Tacey hampir tidak mengucapkan tiga kata kepadanya sepanjang hari, tetapi itu tidak masalah, karena saat matahari terbenam, Rory telah melupakan semua tentang terbang dan lebih bersemangat untuk makan malam dengan makan pizza, apa pun itu.

Dua Puluh Sembilan

Keheningan menyelimuti Tacey dan Wystan hingga pagi hari saat ia bertemu dengan pengacaranya. Dia sedang mengucapkan selamat kepada dirinya sendiri atas apa yang tampaknya akan menjadi hari yang baik ketika teleponnya berdering.

"Hai, Bu," katanya.

"Maafkan aku, Tacey. Ayahmu pulang ke rumah dengan apa yang dia kira keracunan makanan dari sandwich yang dia beli di tempat kerja kemarin, tapi sepertinya aku juga kena. Saya tidak akan bisa menjemput Rory hari ini."

Oh Tuhan. Tidak mungkin dia ingin Rory tertular. Di antara kekhawatiran akan Rory yang mengalami dehidrasi dan membersihkan kekacauan, Tacey juga tidak akan bisa lepas dari menangkap serangga itu, dan...

Tapi dia punya janji dengan pengacara hari ini. Dia hampir tidak bisa membawa Rory. Ada beberapa hal yang tidak perlu diketahui oleh seorang anak, dan berurusan dengan pengacara hak asuh anak ada di sana.

Pikirannya berputar-putar, Tacey berhasil menggumamkan sesuatu yang simpatik dan mendoakan agar Ibu cepat sembuh sebelum panggilan telepon berakhir.

Jika bukan tengah hari, dia akan mempertimbangkan untuk meminta Wystan mengawasinya. Dia telah mengawasinya di lantai atas saat Tacey bekerja di kafe beberapa minggu terakhir ini, tapi dia juga selalu berada di sini. Ditambah lagi, Wystan memiliki alergi aneh terhadap sinar matahari ...

Seharusnya ia bertanya pada Octavia, bukan pada ibunya. Tentu saja, Octavia bukanlah orang yang suka bangun pagi, karena dia terjaga hampir sepanjang malam mengerjakan entah apa di komputernya, tapi jika dia memintanya, Octavia pasti ada di sana. Untuknya dan untuk Rory.

Bukan berarti dia tidak melihat Octavia sama sekali sejak malam itu di pemakaman.

Tacey mempertimbangkan untuk meneleponnya, tetapi tidak mungkin Octavia belum bangun, dan jika dia tertidur, dia bahkan tidak akan menjawab pesan singkat hingga waktu makan siang. Lagipula, sudah terlambat untuk janji temu.

Kesibukan pagi hari dimulai lebih awal, dan terus berlanjut hingga Tacey harus pergi - ia bahkan tidak sempat menelepon siapa pun, dan sekarang sudah terlambat.

Dia hanya perlu membawa Rory bersamanya, dan berharap sang pengacara memiliki meja cadangan atau meja di mana Rory dapat menggambar atau semacamnya. Tentunya seorang pengacara keluarga akan memiliki tempat yang cocok untuk anak-anak. Dia akan berurusan dengan banyak orang tua tunggal yang tidak memiliki pengasuh anak untuk membantu.

Tacey berjalan dengan susah payah menaiki tangga, ketakutan di setiap langkahnya. Dia tidak ingin membawa Rory ke pengacara. Tidak ingin dia tahu tentang kemungkinan perebutan hak asuh. Itu tidak adil bagi Rory.

"Rory, aku tahu Nenek seharusnya datang dan menjemputmu sebentar, tapi dia sedang sakit, jadi kamu harus ikut denganku ke rapat," kata Tacey.

"Apa aku harus?" Rory merengek. "Wystan akan membantuku menggambar. Aku tidak bisa menggambar sayapnya dengan benar, jadi dia berjanji akan melakukannya untukku."

"Mungkin sore ini, saat kita kembali," kata Tacey. "Ayo, kemasi barang-barangmu. Kamu bisa membawa barang-barangmu, dan mungkin menggambar lagi saat aku sedang rapat. Lalu kamu bisa menunjukkannya pada Wystan saat kamu kembali."

Rory merengek sedikit lagi, tapi dia melakukan apa yang diperintahkan. Dalam beberapa menit, ia sudah memakai sepatu dan ranselnya dan menuruni tangga.

"Ooh, Ibu, ini sayap yang sempurna," kata Rory. "Ayo lihat!"

Ketika Tacey sampai di dasar tangga, Rory tidak terlihat. Butuh waktu satu menit untuk menemukannya, berdiri di salah satu kursi di meja Ben yang biasa digunakan, memeriksa karya seninya di dinding.

"Kami tidak berdiri di atas kursi, kami duduk di atasnya," Tacey menegur.

"Ya, Bu, tapi aku harus melihat ini!"

"Anda bisa melihatnya nanti. Saat ini kami harus pergi," kata Tacey.

"Tapi pria itu hanya menempelkannya di dinding. Saya tidak diizinkan untuk menempelkan gambar di dinding, tapi dia bilang dia mengizinkannya!"

Tidak, Tacey tidak membutuhkan amukan baru untuk dihadapi. Rory sudah terlalu besar untuk dibawa ke mobil sementara dia berteriak-teriak. Dia bukan anak berusia dua tahun lagi. "Pria yang mana?" tanyanya. Karena ini adalah galeri Ben, sebagai seniman yang tinggal di sana, dan tidak ada orang lain yang boleh menempelkan karya seni di dindingnya. Jika ada orang yang berpikir untuk masuk ke sini dan mencuri pekerjaan Ben, mereka akan langsung ditendang sebelum sempat berkedip.

Rory menunjuk ke arah pelanggan di konter. "Yang mencium Bibi Rochelle!"

Ben. Tacey berkedip. Ben, di siang hari? Bukankah dia punya pekerjaan di siang hari, dan karena itu dia hanya bisa datang ke kafe setelah gelap?

"Tacey. Rory," kata Ben, sambil melakukan gerakan mengangkat dagu seperti yang dilakukan oleh para siswa di SMA.

"Apa yang kamu lakukan di sini?" Tacey bertanya.

Ben menyeringai. "Percayakah Anda bahwa saya akan membuatkan kopi dan muffin? Aku tidak ada kegiatan hari ini, dan karena Rochelle sedang bekerja, kupikir aku bisa menemaninya. Sepertinya mejaku kosong, dan aku membawa buku sketsa, jadi selama kau tidak keberatan..." Dia mengedipkan mata. "Saya selalu bisa ke belakang dan mencuci piring untuk mencari nafkah, jika beberapa sketsa baru tidak cukup."

"Ibu, lihatlah sayap-sayap ini!"

Tacey tidak punya waktu untuk melihat sketsa, bahkan sketsa milik Ben. "Mungkin nanti. Paman Ben akan sangat sibuk menggambar, jadi kita harus pergi dan membiarkannya mengerjakannya sekarang."

Ben meletakkan tasnya di atas meja, di samping kopinya. "Aku tidak keberatan jika dia duduk bersamaku. Hei, mungkin aku bisa mengajarimu menggambar sayap seperti itu, jika kau mau. Jika kamu terus berlatih setiap hari, saat kamu besar nanti, kamu akan menjadi seniman yang lebih baik dariku!

"Tolong, Mummy? Aku tidak mau pergi! Aku ingin menggambar sayap bersama Paman Ben!"

Jika ini adalah hari biasa, Tacey mungkin akan mengizinkannya. Lagipula, Ben bukanlah monster, tidak seperti Wystan. Dia telah menjadi semacam pengawal Rochelle selama dia bersembunyi di sini dari mantannya yang kasar. Dan dia mempercayai Rochelle untuk mengawasi Rory, dan Rochelle akan berada di sini...

"Saya tidak tahu berapa lama saya akan absen. Mungkin hanya beberapa jam saja," kata Tacey.

Ben mengangkat bahu dan membuka buku sketsanya. "Apakah kamu punya kertas sendiri, Rory, atau kamu ingin meminjam milikku?"

Rory meletakkan tasnya dan mulai mengeluarkan perlengkapan seni. "Saya memiliki semua yang saya butuhkan di sini."

Ben terkekeh. "Seolah-olah kau tahu aku akan datang hari ini. Well, kelas seni sedang berlangsung, kurasa."

"Apakah Anda yakin?" Tacey bertanya. "Jika dia ada masalah, suruh saja Rochelle menelepon saya dan saya akan segera kembali. Jika aku tidak kembali saat makan siang dan Rory lapar, pesankan makan siang untuknya. Untuk kalian berdua. Di rumah."

Ben mendengus. "Rory tidak akan membuat masalah. Kita akan bermain sampai kita lapar, lalu kita akan makan sandwich terbaik di lemari di sana, dan kita akan berada di sini saat kau kembali. Jangan khawatir."

Tacey sangat terpukul. Tentu saja, Ben tampak seperti pengasuh anak yang ideal, hadiah dari surga pada saat yang tepat, tapi... "Kamu tidak boleh membiarkannya meninggalkan kafe. Dia harus tetap di sini, di gedung ini. Tidak boleh ke tempat lain. Apa kamu pernah mengasuh anak sebelumnya?"

Ben memberinya hormat pura-pura. "Benar. Tidak ada perjalanan ke rumah bordil di Bannister Street."

Tacey berkedip. "Tidak... apa?" Dia tidak mungkin salah dengar.

Ben hanya tertawa. "Kita akan baik-baik saja, Tacey. Seperti yang dikatakan Rory, kita akan menggambar sayap. Pergilah keluar, bersenang-senanglah. Sampai jumpa saat kau kembali."

Tacey melirik jam tangannya. Jika dia tidak pergi sekarang, dia akan terlambat. Dan dia percaya pada Ben dan Rochelle... "Baiklah. Sampai jumpa saat aku kembali," katanya, dan memaksakan diri untuk berjalan keluar dari pintu mobilnya.

Baru setelah setengah jalan menuju kantor pengacara, ia menyadari bahwa ia tidak pernah memperkenalkan Ben kepada Rory. Bagaimana dia tahu namanya?

Sambil berkata pada dirinya sendiri bahwa Rochelle pasti telah menyebutkan namanya kepadanya, Tacey hanya menggelengkan kepalanya dan terus mengemudi. Semakin cepat dia menggunakan jasa pengacara ini, semakin cepat dia bisa merasa lebih aman tentang masa depan Rory. Tidak meninggalkannya dengan monster seperti Wystan. Lebih baik lagi, jika dia tidak lagi membutuhkan Wystan untuk melindungi mereka dari Matt, maka dia dapat membatalkan pemanggilannya (bagaimanapun caranya) dan dia tidak perlu memikirkan ciuman itu lagi.

Tiga Puluh

Satu jam dua puluh menit, dia terus menunggu. Ia telah mengunyah semua lipstiknya, dan bahkan mulai menggigit kukunya. Tentu saja, pemandangan sungai di luar jendela kantor bertingkat tempat Lamont and Partners menjalankan bisnisnya sangat indah, tetapi dia ingin bertemu dengan sang pengacara, bukan kapal-kapal feri yang menyeberang dan menyeberangi sungai.

Lebih buruk lagi, setiap menit dia jauh dari Rory, dia membayangkan segala macam hal buruk terjadi padanya. Dia mungkin akan mengambil kopi Ben dan menumpahkannya pada dirinya sendiri. Beberapa orang gila mungkin akan mencoba menyerbu kafe dan menyandera Rory.

Dia mungkin akan membuat ulah lagi dan menakut-nakuti semua pelanggan, dan Ben serta Rochelle tidak tahu apa yang harus dilakukan. Atau Matt mungkin akan datang ke kafe dan menculiknya saat Tacey berada di sini dan ketika dia kembali, Rory sudah tidak ada...

"Nona Bell?"

Tacey mendongak ke atas, untuk menatap mata resepsionis yang berambut rapi dan berdandan sempurna. "Uh, ya?"

"Tuan Lamont akan menemui Anda sekarang."

Tacey berharap Dominic Lamont benar-benar muncul, untuk berjabat tangan atau semacamnya, tetapi resepsionis itu baru saja berdiri dan memberi isyarat agar Tacey mengikutinya ke koridor. Tidak hanya ada goyangan pada langkah wanita itu yang membuat gaunnya melayang-layang di sekelilingnya seperti air yang membelai setiap lekuk tubuh yang sempurna, tetapi ia juga mengenakan sepatu hak yang sangat tinggi, yang bisa saja mematahkan pergelangan kaki Tacey dalam tiga langkah.

Tacey mengguncang dirinya sendiri, lalu mengarahkan pandangannya ke bagian bawah resepsionis. Tacey mungkin tidak terlihat seperti seorang model, tapi dia bisa menendang pantat wanita ini dalam hal memasak. Dia bisa membuat kue, muffin, biskuit, dan kopi yang lebih baik... ha, gadis ini mungkin belum pernah makan semua itu sejak sekolah dasar.

Merasa sedikit lebih baik, ia melangkah ke kantor yang bisa ia tempati.

Kantor di pojok ruangan itu sama besarnya dengan kafenya, hanya saja dua dindingnya terbuat dari kaca, menghadap ke arah sungai.

"Tuan Lamont, ini Tacita Bell," kata resepsionisnya, sebelum ia melenggang keluar.

Tacey harus mengagumi wanita itu - dia bahkan bisa melafalkannya dengan benar.

"Duduklah, Nona Bell," terdengar suara yang dalam dari belakangnya.

Tacey memaksa pandangannya menjauh dari jendela.

Dominic Lamont tampak seperti fotonya di situs web. Besar dan gelap, seperti dia akan dapat menemukan pekerjaan sebagai pengawal atau tukang pukul jika dia tidak memilih untuk berpraktik hukum. Bahkan, dia mungkin mengintimidasi lawannya hanya dengan melihat mereka.

Bahkan Matt pun akan ragu-ragu untuk melewatinya.

Dengan senyum di wajahnya, ia bertengger di kursi terdekat. "Hai, saya di sini untuk mendiskusikan perwakilan dalam kasus hak asuh atas putri saya. Ayahnya, yang mencoba membunuh kami berdua sebelum dia lahir, baru saja keluar dari penjara dan mengancam akan mengajukan permohonan hak asuh penuh atas dirinya. Saya butuh bantuan Anda untuk memastikan dia tidak berhasil."

Untuk beberapa saat, Lamont hanya menatapnya. Mata gelap itu seakan membaca jiwanya, seakan-akan dia adalah iblis itu sendiri.

Jika dia tidak menghadapi monster seperti Wystan setiap hari, Tacey mungkin akan gentar. Mungkin akan menurunkan pandangannya.

Tetapi Lamont hanyalah seorang pria. Seorang pengacara, tetapi juga seorang pria. Dia tidak menakut-nakutinya. Namun, ia berharap ia bisa menakut-nakuti Matt dan hakim. Itulah yang penting. Jadi dia mengertakkan gigi dan menatap balik.

"Jika saya ingin mengadakan kontes menatap, saya akan tinggal di rumah bersama putri saya. Dia tidak mengenakan biaya per jam," tukas Tacey.

Lamont hanya tertawa. Dan tertawa, dan tertawa. Akhirnya, dia menyeka matanya dan berkata, "Saya bisa melihat mengapa dia dihukum. Anda menjadi saksi yang sangat meyakinkan. Bahkan saya hampir mempercayai Anda, dan saya tahu yang sebenarnya."

Pikiran Tacey berputar-putar. Apa yang dia bicarakan? Dia mengatakan yang sebenarnya.

"Anda tidak percaya Matt mencoba membunuh saya? Dia merusak rem mobilnya, lalu meminjam mobil saya sehingga saya harus mengemudikan mobilnya. Jika saya tidak begitu berhati-hati saat keluar dari jalan masuk, saya bahkan tidak akan menyadari ada sesuatu yang salah, dan saya mungkin akan meluncur ke tebing di tikungan dari rumahnya, langsung ke sungai. Bahkan ketika saya berbicara dengan montir yang biasa menangani mobilnya, saya tidak percaya Matt bisa melakukannya, sampai dia menunjukkan kepada saya di mana remnya telah dipotong. Dialah yang menelepon polisi, yang ingin tahu apakah Matt memiliki musuh. Ketika Matt tidak menjadi target, justru saya yang menjadi target."

Lamont hanya menggelengkan kepalanya. Sangat disayangkan. Sama seperti yang dirasakan Ibu saat mendengar tentang penangkapan Matt. Ibu tidak pernah menyukai Matt, katanya.

"Saya yakin semua sandiwara Anda berjalan dengan baik di hadapan hakim pada persidangan awal, tetapi banyak hal yang telah terjadi dalam enam tahun terakhir, sementara Anda telah berperan sebagai ibu dan membuat kue. Cerita isak tangismu yang dibuat-buat tidak akan berhasil di Pengadilan Keluarga. Tidak setelah Matt mendapatkan pengacara yang layak yang dapat mengajukan banding yang tepat, dan dia dibebaskan dari semua tuduhan. Faktanya, itu hanya akan membantu kasusnya. Dengan masalah kesehatan mental Anda dan percobaan bunuh diri yang gagal di mobilnya ketika Anda mengetahui bahwa Anda hamil dan dia tidak mau menikahi Anda, tidak heran jika Anda menyalahkannya atas masalah Anda sendiri. Mengutarakan cerita itu sekarang setelah pengadilan membebaskannya, Anda hanya akan terlihat seperti orang yang berkhayal, yang akan membuat pekerjaan saya menjadi lebih mudah."

Mulut Tacey sepertinya tidak mau menutup. "Apa... apa maksudmu?" Delusi, percobaan bunuh diri, masalah kesehatan mental? "Matt memintaku untuk menikah dengannya saat dia tahu aku hamil. Dia bersikeras agar saya tinggal bersamanya di rumah orang tuanya agar dia bisa merawat saya sampai bayinya lahir..." Itulah mengapa dia merasa sangat sulit untuk percaya bahwa pria itu ingin membunuhnya. Sampai polisi menemukan polis asuransi jiwa yang dia ambil untuknya. Kemudian dia kehilangan ilusinya, dan menyadari kebenarannya.

Jadi mengapa Lamont menyebutnya delusional sekarang?

Dia tertawa lagi. "Nona Bell, saya bisa saja mendengarkan Anda bercerita sepanjang hari, tetapi saya orang yang sangat sibuk dan waktu saya sangat berharga. Anda datang ke sini untuk meminta nasihat hukum, dan saya akan memberikannya. Serahkan kasusnya. Serahkan putri Anda kepada ayahnya, dan anggaplah diri Anda beruntung karena dia tidak menuntut Anda karena menjebaknya dengan tuduhan percobaan pembunuhan. Jika Anda ingin membawa masalah ini ke pengadilan, Anda akan kalah, dan kemungkinan besar akan dipenjara. Hanya Anda yang akan masuk penjara untuk orang gila, di mana Anda tidak akan pernah melihat dunia luar lagi."

Mungkin dia sedang berkhayal. Dia tidak mungkin mendengar pengacara ini mengatakan hal seperti itu. Dia sama warasnya dengan orang lain. Memang ada Wystan, tapi dia jelas bukan khayalan, meskipun dia berharap begitu.

Dia tidak akan pernah membayangkan mencium seekor monster...

Resepsionis telah muncul lagi, secara ajaib dipanggil oleh Lamont.

"Temui Nona Bell di luar," katanya, sambil memberhentikannya dengan menjentikkan jarinya.

Tacey melompat berdiri. "Tidak! Saya di sini untuk mempekerjakan Anda untuk membantu saya menjaga putri saya, bukan menyuruh saya memberikannya kepada Matt. Jika kau pikir aku akan menyerahkan putriku pada orang yang mencoba membunuhku, kau sama gilanya dengan dia. Saya akan memberitahu semua orang apa yang Anda katakan, dan Anda akan menyesal!"

Lamont tidak terlihat sedikit pun khawatir. "Bawa Nona Bell ke lobi, dan pastikan pihak keamanan tidak mengizinkannya masuk ke dalam gedung lagi. Dia tidak hanya mengancam saya, tapi dia juga menyebarkan kebohongan tentang mitra baru kita. Seolah-olah saya lebih mempercayainya daripada sahabat anak saya! Ha, tunggu sampai Matt mendengar yang satu ini. Dia pasti akan tertawa terbahak-bahak."

Potongan-potongan teka-teki itu saling berbunyi, dan mencapai titik kritis dalam otak Tacey. "Maksudmu Matt bekerja di sini? Untuk sebuah firma hukum? Ketika dia adalah seorang penjahat yang dihukum? Itu tidak mungkin!"

Lamont mengibaskan satu jari ke arahnya. "Seandainya saja saya berada di negara ini untuk sidang pertamanya. Sayangnya, saya tidak mendengar tentang hal itu hingga upacara kelulusan yang seharusnya dihadiri oleh Matthew dan Samuel. Ketika saya bertanya kepada Samuel di mana Matt berada, barulah saya mengetahui bahwa dia mendekam di penjara. Anak laki-laki yang malang itu telah menyelesaikan seluruh gelarnya di balik jeruji besi dan bahkan tidak bisa keluar tepat waktu untuk menghadiri upacara wisuda!

Tentu saja, saya meminta bantuan untuk membebaskannya dari semua tuduhan, dan dengan senang hati menawarkan pekerjaan kepadanya. Ketika dia meminta saran saya untuk mendapatkan hak asuh atas anak yang Anda curi darinya, saya bahkan menawarkan diri untuk mewakilinya. Saya tidak bisa membiarkan putrinya tumbuh besar di sebuah kafe yang dipenuhi kecoa dan juga bahaya kebakaran yang menunggu untuk terjadi. Sekarang, keluar. Sebelum saya sendiri yang akan menelepon Kantor Perlindungan Anak."

Mulut Tacey membuka dan menutup, tetapi tidak ada suara yang keluar. Dia tidak yakin bagaimana dia bisa keluar dari pintu, atau turun ke lobi, atau bahkan ke mobilnya.

Lamont mungkin bukan iblis, tapi entah bagaimana dia berakhir di neraka.

Tiga Puluh Satu

Sesuai dengan janjinya kepada Tacey dan Rory, Wystan turun ke lantai bawah menuju kafe, tersembunyi di balik tembok, namun cukup dekat untuk dilihat dan didengar.

Tacey telah mempercayakan putrinya kepada seorang anak laki-laki. Seorang pekerja lepas yang tak kenal lelah yang menggambar banyak gambar tanpa peduli dengan biaya kertas atau tinta. Sama seperti yang dilakukan Rory, namun bedanya, anak laki-laki itu sudah hampir menjadi pria dewasa, yang seharusnya mempelajari pekerjaan yang berguna, bukannya menggambar gambar-gambar cantik.

Sangat menyakitkan bahwa Tacey lebih mempercayai anak laki-laki itu daripada Wystan sendiri untuk menjaga putrinya. Bukankah Wystan telah melindunginya selama dua minggu terakhir ini? Namun Tacey selalu berada di dekatnya, atau setidaknya cukup dekat untuk mendengarnya berteriak jika dia perlu memberi tahu bahwa dia atau putrinya dalam bahaya.

Tapi anak laki-laki yang satu ini...

Wystan memutuskan untuk tetap berada sedekat mungkin dengan Rory, sambil tetap bersembunyi, sampai Tacey kembali.

"Apa itu yang sedang kamu gambar? Apakah itu Manusia Ngengat?" tanya anak laki-laki itu.

Rory mengerutkan kening. "Tidak. Manusia Ngengat tidak ada, kata Ibu. Tidak di luar imajinasi orang-orang."

Anak laki-laki itu tertawa. "Oh, Tacey mungkin akan terkejut dengan banyaknya monster yang benar-benar ada. Bahkan Manusia Ngengat. Apa kau tahu Rochelle merekam video dia di luar kafe ini?"

"Saya pikir dia lebih mirip Batman. Dan dia menghilang ke dalam dinding. Batman tidak bisa melakukan itu. Tapi gargoyle bisa." Dia mengetuk fotonya. "Hanya saja aku tidak bisa membuat sayapnya dengan benar."

Anak laki-laki itu menegakkan tubuhnya di kursinya. "Dan apa yang kamu ketahui tentang gargoyle, Rory kecil?"

Dia memelototi anak laki-laki itu seolah-olah dia mengira anak itu benar-benar bodoh. Wystan hanya bisa menyeringai. "Sinar matahari menyakiti mereka, dan mereka bisa bersembunyi di dinding. Mereka juga bisa terbang, karena mereka memiliki sayap. Yang besar dan kasar seperti pterodactyl." Dia melempar pensilnya ke atas meja. "Tapi aku tidak bisa menggambarnya dengan benar, Paman Ben. Kau yang melakukannya."

"Bagaimana kalau saya menggambar garis-garis tipis dengan pensil saya, hanya untuk mengawali, dan kamu menjiplak garis-garis itu sebelum kamu mewarnainya? Dan kemudian di lain waktu, kita berdua bisa menggambar sayap bersama-sama, masing-masing di halaman kita sendiri."

"Oke." Rory menyodorkan buku sketsanya ke seberang meja kepada Ben.

"Lihat, sayap sebenarnya seperti tangan yang besar. Mereka memiliki potongan-potongan tulang seperti jari, di sini dan di sini dan di sini, dan kemudian cakar di sudut-sudutnya, kalau-kalau dia perlu melindungi dirinya sendiri. Dia pasti berada di dalam, atau di suatu tempat yang tidak terlalu berangin, sehingga sayapnya terbentang seperti ini, karena dengan cara itulah dia menangkap angin untuk terangkat dari tanah ketika dia ingin terbang."

Rory mengerutkan kening. "Dia membutuhkan cakar yang lebih besar. Dia tidak hanya melindungi dirinya sendiri. Dia melindungi orang-orang dari monster. Karena itulah yang dilakukan gargoyle. Mereka melindungi manusia." Dia mengambil bantalannya kembali dan mulai mengembangkan cakarnya dengan goresan-goresan marah yang menancap jauh ke dalam kertas.

Ia terlalu fokus pada gambarnya sehingga tidak menyadari tatapan penuh perhitungan yang diberikan Ben, membuatnya terlihat jauh lebih tua dari usianya, sebelum ia kembali menjadi bocah riang yang dulu dianggap Wystan. "Apa ibumu yang memberitahumu semua tentang gargoyle?"

Rory menggelengkan kepalanya, tidak menatapnya. "Tidak. Wystan, gargoyle yang berjanji untuk melindungiku. Dia pernah berubah menjadi batu saat Mummy membuka tirai, tapi kami menutupinya dan dia kembali menjadi dirinya sendiri saat aku menutup tirai. Dia tidak bisa makan makanan, tapi dia bilang kalau dia bisa, dia ingin hidup dengan muffin Mummy karena baunya sangat lezat."

Wystan merasakan mata Ben menatapnya, yang tidak mungkin terjadi. Tidak ada orang biasa yang bisa melihat menembus dinding ke tempat persembunyiannya.

Kecuali jika Ben bukan manusia biasa...

"Pelindung Anda sepertinya memiliki selera yang sangat bagus. Saya ingin bertemu Wystan suatu hari nanti. Saya juga ingin makan apa pun kecuali muffin buatan ibumu. Tapi ibuku selalu mengatakan bahwa aku harus makan lebih banyak buah, sayur dan daging, bukan muffin, jadi kita mungkin tidak boleh makan itu untuk makan siang. Tahukah Anda bahwa Rochelle tidak hanya membuat kopi yang paling enak, tapi dia juga bisa membuat sandwich dengan apa saja? Lihat saja semua ini!"

Rory berjalan ke konter untuk mengintip ke dalam lemari sandwich. "Saya mau yang ini." Ia menunjuk ke sebuah roti gulung yang lebih besar dari lengannya, berisi kalkun, selada, dan tomat ceri. Ini adalah Natal di bulan Juli yang spesial untuk hari ini, Wystan tahu, karena dia telah melihat Tacey membuatnya.

"Wow, kamu pasti benar-benar lapar. Kalau begitu, tolong, Rochelle. Kamu mau minum apa, Rory?"

"Mama selalu membuatkan saya milkshake untuk makan siang," Rory berbohong.

Wystan hampir saja mengoreksinya, karena Tacey hanya pernah membuatkan milkshake untuknya jika tidak ada pelanggan di konter dan dia punya waktu saat makan siang, yang hanya terjadi satu kali selama Wystan mengenalnya.

Tapi Rochelle sudah mengangguk-angguk, seperti sudah melakukan ini ribuan kali sebelumnya. "Susu dan es krim, tapi tanpa sirup, kan, Rory?"

"Yup!" Gadis itu menyeringai.

"Jangan khawatir. Saya akan membawa semuanya ketika sudah siap. Saya tahu di mana meja Anda," kata Rochelle sambil berlalu ke belakang meja.

Rory menggandeng tangan Ben dan menuntunnya kembali ke meja yang penuh dengan perlengkapan seni. "Sekarang kamu bisa mengajari saya cara menggambar sayap."

"Dan saya ingin mendengar semua yang Anda ketahui tentang gargoyle," jawab Ben.

Rory terkikik. "Apa kamu tidak tahu tentang gargoyle? Mereka berasal dari masa lalu, di Skotlandia, jadi mereka tidak tahu banyak tentang listrik, TV, dan sebagainya. Wystan bahkan tidak tahu cara menyalakan lampu sampai saya menunjukkan saklarnya!"

"Saya berasal dari Skotlandia. Kami juga tidak memiliki sakelar lampu di rumah kami, ketika saya masih kecil," kata Ben. "Untuk mematikan lampu, kami harus meniup lilin."

"Benarkah?" Mata Rory terbelalak penuh keheranan.

"Ya, benar." Ben mengulurkan tangan dan menempelkan gambar terbarunya ke dinding. "Sekarang, sayap."

Dia terus berbicara, tetapi Wystan berhenti mendengarkan. Sebaliknya, ia bergeser posisi hingga berada di tempat di mana ia dapat melihat galeri foto yang tidak pernah ia perhatikan sebelumnya.

Sebagian besar adalah sketsa staf dan pelanggan di kafe. Ada banyak Rochelle, tetapi yang terakhir menghentikan langkahnya.

Sketsa ini menunjukkan sebuah meja seperti meja yang mereka duduki sekarang, dengan seorang gadis kecil yang sedang memperhatikan kertas di depannya. Namun, alih-alih Ben duduk di sampingnya, ia menggambar gargoyle dengan sayap terlipat di belakangnya, dengan secangkir kopi di satu tangan dan muffin di tangan lainnya.

Wystan akan memberikan apa pun agar foto itu menjadi kenyataan. Duduk bersama mereka, alih-alih menonton dari dinding. Setidaknya dia bisa melihat, karena ketika roti lapis tiba, dia bersikeras mencuri semua tomat milik Ben, dan dia menolak mengembalikannya. Dia tidak pernah tertawa begitu keras dalam hidupnya.

Pria atau anak laki-laki atau apa pun Ben sebenarnya, dia bukan tandingan Tacey yang berusia enam tahun yang cerdik. Seorang gadis yang ingin ia lindungi seperti anaknya sendiri, selama takdir mengizinkannya.

Tiga Puluh Dua

Tacey tidak yakin bagaimana dia bisa sampai dari kantor pengacara ke kafe, meskipun dia pasti menyetir. Yang ia pikirkan hanyalah bagaimana ia akan kehilangan Rory, karena Matt dan pengacara brengsek itu serta semua jaringan klub anak laki-laki yang kacau dan nepotisme dan ... dan ...

"Lihatlah apa yang Paman Ben dan aku gambar!" Rory menjerit, sambil memegang sebuah gambar yang sebagian besar berwarna abu-abu.

Tacey menggumamkan sesuatu yang ia harap terdengar mengagumi, sebelum ia menyeret kakinya ke ruang penyimpanan untuk mencatat inventaris sebelum ia melakukan pemesanan untuk minggu depan. Persediaan akhir pekan akan tiba di pagi hari, dan persediaannya sangat sedikit setelah beberapa minggu yang sibuk. Di antara kesibukan dan kecoak-kecoak itu, ruang penyimpanan hampir kosong. Selanjutnya, ia menuju ke ruang pendingin, lalu ke lemari pendingin.

Dia memesan dengan linglung, harus kembali dua kali untuk memastikan bahwa dia telah menghitung dengan benar. Baru setelah dia keluar dari freezer untuk kedua kalinya, dia mendengar bunyi bip yang menusuk, yang tidak mungkin...

"Kebakaran," katanya dengan lesu, sambil berjalan menuju alat pemadam kebakaran. Dia sudah cukup sering berlatih. Tarik pinnya, arahkan ke pangkal api dan tekan... dia hanya perlu menemukan apinya.

Kafe itu penuh dengan orang-orang yang terbelalak, menatapnya dan satu sama lain sambil menempelkan tangan mereka di telinga untuk meredam kebisingan.

"Hentikan itu, Mummy!" Rory meratap, nyaris tak terdengar di tengah hiruk pikuk.

Dapurnya bersih, tanpa ada tanda-tanda asap yang bisa memicu alarm melengking. Lalu kenapa...???

Dia melangkah ke arah alarm, mengambil handuk teh untuk menepuk benda bodoh itu. Hanya untuk menemukan bahwa dia mengaduk-aduk pusaran air menjadi awan asap.

Asap yang keluar dari bawah pintu ruang peny impanan...

Demi Tuhan.

Dia meraih kenop pintu, lalu mundur karena benda berdarah itu sangat panas. Teringat akan handuk teh, ia pun menggunakannya.

Ruangan itu penuh dengan asap, dengan api di seluruh lantai. Hal yang tidak masuk akal, karena tidak ada yang terbakar.

Tak satu pun dari hal ini yang masuk akal.

Sebuah bayangan datang tiba-tiba, mendorongnya ke samping dan melompat ke dalam kobaran api.

Orang bodoh macam apa...?

Teringat akan alat pemadam kebakaran, Tacey mengambilnya dan melepaskannya, menyemprot semua yang ada di ruang penyimpanan sampai tidak ada yang keluar. Angin sepoi-sepoi yang masuk melalui jendela yang pecah menghembuskan asap dan asap kembali ke arahnya, membuatnya batuk. Dia menjatuhkan alat pemadam yang sudah tidak berguna itu dan menggunakan tisu dapur untuk menutupi mulut dan hidungnya saat dia mencoba untuk mengusir asap yang berbahaya agar dia bisa melihat.

Butuh waktu dua puluh menit untuk menyalakan semua kipas angin di dapur untuk mengangin-anginkan tempat itu sebelum dia berani masuk ke ruang penyimpanan lagi.

Dan terkesiap.

Wystan terbaring di lantai, satu sayapnya compang-camping seperti payung yang terkena badai. Dia tidak bergerak.

"Wystan? Apa kamu baik-baik saja?" tanyanya. Tentu saja, dia sudah tahu jawabannya, tapi mungkin, mungkin saja...

"Baiklah," gerutunya, merangkak sebelum akhirnya berdiri. Puing-puing berderak di bawah tangan dan kakinya. Bukan, pecahan kaca, kemungkinan besar dari jendela. Dia berbalik dan...

Tacey harus memalingkan muka. Celananya juga tidak selamat dari api. Dia menyodorkan handuk ke arahnya, meskipun handuk itu tidak mungkin menutupi lebih dari yang penting, dan bahkan hampir tidak bisa menutupi semuanya.

Ada sebuah tas tua berisi putih koki di kamar mandi yang ditinggalkan oleh pemilik sebelumnya. Sesuatu di dalamnya mungkin cocok untuk nya...

Tacey mencari-cari dengan tergesa-gesa hingga ia menemukan celana dan kemeja yang cukup besar untuk menutupi sayapnya.

Namun, ketika dia kembali untuk memberikan pakaiannya, dia menemukannya memegang setengah botol yang sudah pecah.

"Seseorang menyalakan api dengan melemparkan sebotol minyak lampu melalui jendela," katanya.

Pembakaran? Siapa yang akan...

Dia hampir tidak perlu berpikir sebelum mendapatkan jawabannya. Teman pengacara Matt telah menyebutkan bahwa kafe tersebut memiliki bahaya kebakaran yang menunggu untuk terjadi. Dia pasti mendengarnya dari Matt, yang dengan sengaja akan membakar tempat itu. Dia akan mengambil Rory darinya, dan mata pencaharian nya... sialnya, mereka berdua bisa saja mati dalam kebakaran.

Persetan dengan Matt dan pengacara yang membebaskannya dari penjara. Dia juga tidak akan lolos dari ini.

"Saya harus menelepon polisi," kata Tacey.

TIGA PULUH TIGA

"Siapa ini?"

Ketika Tacey kembali ke kafe, ia mendapati Ben sedang menatap Wystan dengan penuh perhatian. Hampir seperti sedang mengukurnya untuk membuat sketsa. Atau berkelahi, Tacey tidak yakin.

"Ini adalah Wystan. Dia... di sini untuk keamanan tambahan," kata Tacey. Mungkin bukan hal yang terbaik untuk dikatakan kepada artisnya yang juga seorang satpam. "Dan untuk membantu di dapur." Dia mungkin seharusnya mengatakan itu sejak awal, apalagi dia mengenakan pakaian koki.

Tapi Ben tampaknya tidak tersinggung sama sekali. Dia hanya menganggguk sambil berpikir. "Sudah berapa lama Anda berkecimpung dalam bisnis perlindungan, Wystan?"

Hampir seperti dia sudah mengenalnya. Tapi itu tidak mungkin, bukan?

"Dia telah membantu saya selama sekitar satu minggu," kata Tacey.

Lebih banyak menganggguk. "Jadi, apa yang dia lindungi dari Anda?"

Tacey merasakan pipinya menjadi panas. "Tidak ada yang perlu kamu khawatirkan. Aku tidak ingin kau dan Rochelle terlibat dalam semua ini."

"Anda membantu memadamkan api?" Ben bertanya.

Wystan menganggguk. "Sudah aman sekarang. Aku harus membantu membersihkan..."

"Tidak! Kami harus menunggu polisi. Forensik, mungkin," kata Tacey.

"Kalau begitu, saya akan menunggu di mobil," kata Wystan.

"Bolehkah aku pergi bersamanya, Mummy?" Rory bertanya.

"Tidak, saya ingin Anda tetap di sini. Polisi akan datang, dan mereka mungkin akan memakan waktu cukup lama. Mungkin... kamu bisa naik ke atas sebentar? Aku akan memberitahumu jika sudah waktunya untuk pergi," kata Tacey.

Ben bangkit. "Saya akan naik bersamanya, untuk membuka beberapa jendela untuk membantu membersihkan asap."

"Aku harus pergi bersamanya. Anda telah merawatnya sepanjang hari. Saya tidak bisa cukup berterima kasih, bahkan jika janji temu itu membuang-buang waktu. Aku harus membayarmu untuk mengasuh anakku. Saya bahkan tidak tahu berapa banyak..." Tacey tergagap.

Ben terkekeh. "Sebenarnya, Rory adalah inspirasi kecil. Ketika kami sedang menggambar sore ini, dia memberikan ide yang paling menakjubkan untuk sebuah komik strip. Aku sudah membuat sketsa ide sepanjang sore. Jika ada, saya harus membayar Anda... atau dia." Dia melangkah menaiki tangga. "Sepertinya polisi Anda sudah tiba."

Benar saja, dua orang petugas berdiri di luar pintu di jalan setapak di luar.

Tiga Puluh Empat

"Nona Bell, apakah Anda memiliki musuh? Siapa pun yang mungkin ingin mencelakakan Anda, atau bisnis Anda?" salah satu petugas polisi bertanya, sementara rekannya sibuk memeriksa ruangan toko.

Tacey mengembuskan napas dengan frustrasi. "Hanya mantan saya, Matt. Matthew Masters. Dia menuntut hak asuh tunggal atas putri kami dan mengancam bahwa saya akan menyesal jika tidak menyerahkannya." Tapi dia tidak akan melakukannya, dia memutuskan. Tak peduli apa pun yang dikatakan Matt atau pengacaranya yang brengsek itu, dia tahu Matt pernah mencoba membunuhnya di masa lalu, dan di antara kecoak dan sekarang bom molotov ini, dia mencoba menghancurkannya lagi sekarang. Tidak mungkin dia akan membiarkannya menang.

"Apakah Anda memiliki alamat untuk Tuan Masters?"

Tacey menghafalkan alamat rumah orang tua Matt di tepi sungai, tempat dengan halaman rumput yang dia lewati saat dia melompat keluar dari Holden HR Special yang disabotase. Dia mungkin masih memiliki mobil itu, karena hanya ada beberapa goresan pada cat merah tomatnya saat mobil itu menabrak pagar tanaman tetangga.

Tuhan, dia akan tinggal di sana bersamanya, jika dia tidak mencoba membunuhnya. Rory akan berlarian di halaman itu...

Tapi tidak. Rory mungkin tidak akan diizinkan bermain di taman terawat yang Arnold Masters habiskan setiap waktu luangnya untuk merawatnya, meskipun taman itu kemungkinan besar dikelola oleh seorang tukang kebun. Meskipun Christine Masters sudah tidak ada lagi di sana untuk tidak menyetujui apa pun yang mengganggu kehidupannya yang sempurna, Matt sudah terlalu terdoktrin dengan peraturan ibunya untuk melanggarnya.

Petugas itu menyimpan tabletnya saat rekannya keluar dari dapur. "Sudah selesai?" Petugas yang lain mengangguk. "Baiklah, kami akan pergi, Nona Bell. Kami akan mengirimkan sampel-sampel ini ke laboratorium, dan melihat apakah kami bisa mengobrol dengan Tuan Masters. Sementara itu, Anda mungkin ingin naik ke jendela itu. Jika kami menemukan sesuatu, kami akan menghubungi Anda."

Tacey mengangguk dan mengantar mereka keluar.

Ketika ia memasuki kafe kembali, ia menyadari bahwa tempat itu kosong kecuali dirinya dan Rochelle - tidak ada pelanggan yang terlihat. Tacey menghela napas. "Sebaiknya kita tutup lebih awal. Kau dan Ben pulanglah, sementara aku akan memperbaiki jendela itu..." Untuk kedua kalinya dalam beberapa minggu.

Ben menuruni tangga. "Kau bilang kau butuh tukang kayu? Saya telah menghabiskan sedikit waktu dalam perdagangan bangunan. Tunjukkan padaku di mana peralatanmu dan aku akan mengurus jendelamu. Kau harus membawa Rory pulang sebelum dia tertidur dan kau harus menggendongnya menuruni tangga itu."

Seorang ibu yang hebat. Rory bisa saja meninggal dalam kebakaran, dan Tacey benar-benar lupa bahwa dia ada di sini. "Ya. Rory. Apa kau yakin? Aku bisa membayarmu..."

Ben hanya tertawa. "Aku tidak butuh uangmu, Tacey. Simpan saja untuk dirimu dan putrimu. Sepertinya kau akan lebih membutuhkannya daripada aku, terutama dengan cara Rory membeli perlengkapan seni. Dia anak yang baik, yang satu itu. Bawa dia pulang dan jaga dia baik-baik, sekarang."

Ada nada perintah dalam nada bicara Ben yang belum pernah didengarnya, dan Tacey mendapati dirinya menganggguk patuh. Dia adalah seorang seniman jalanan muda, dan pacar Rochelle, tetapi ada sesuatu di matanya yang berbicara lebih banyak. Seperti saat dia menatap Wystan, seolah-olah dia tahu siapa dirinya dan memiliki ukurannya.

Apakah ada lebih dari satu monster dalam hidupnya?

Tacey menggelengkan kepalanya. Tidak. Tapi Wystan sudah menunggu di dalam mobil, dan Rory memang harus pulang ke rumah untuk tidur. Setidaknya ada Wystan yang menjaganya malam ini, atau dia tidak akan bisa tidur sama sekali. Jika Matt datang ke Bell House dan membakarnya.

Tacey menggigil. Tidak. Matt tidak akan mendekati Bell House malam ini, karena Wystan akan berjaga-jaga. Melindungi mereka, seperti yang selalu dia lakukan.

Dia mengucapkan selamat tinggal pada Rochelle dan Ben, membuat mereka berjanji untuk memberitahunya jika ada masalah lagi di kafe, sebelum dia menggenggam tangan Rory dan menuntunnya ke mobil.

"Di mana Wystan?" Rory bergumam sambil memasang sabuk pengaman.

Tidak di dalam mobil, itu sudah pasti. Atau di mana pun yang bisa dilihat Tacey.

"Wystan"? Kita akan pulang sekarang. Jika kamu ingin tumpangan, sekarang saatnya untuk pergi," kata Tacey. "Wystan?"

Namun dia tidak muncul, dan Tacey terpaksa pulang tanpa dia.

TIGA PULUH LIMA

"Kebakaran," kata Tacey lirih, sebelum pikirannya diliputi gelombang kepanikan.

Wystan bereaksi sebelum dia sempat berpikir. Menempatkan dirinya di antara wanita itu dan api, dia menggunakan tubuh batunya untuk memadamkan api. Beberapa saat kemudian, banjir air es mengalir di atasnya, dan dia mendengar suara retakan yang tidak menyenangkan.

Untuk sesaat, ia kembali menjadi seorang anak laki-laki, jatuh dari pohon yang ia panjat bersama sepupunya, saat pertama kali ia mendengar suara retakan. Untuk sesaat, dunia terasa aneh dan salah, tetapi kemudian rasa sakit itu menyerang dan dia tidak tahu apa-apa lagi.

Wystan menunggu rasa sakit itu menguasainya sekarang seperti yang terjadi sebelumnya, tetapi tidak ada. Hanya gargoyle konyol yang tergeletak di lantai gudang, di tempat yang seharusnya menjadi genangan air, tapi ... tidak. Dia tidak membayangkan adanya air, bukan?

Tacey memegang sebuah silinder logam besar dengan semacam selang yang keluar dari bagian atasnya, bukan ember seperti yang ia duga. Air yang tak terlihat? Atau air yang menghilang setelah memadamkan api? Atau mungkin semuanya telah berubah menjadi uap? Sulit untuk mengatakannya dengan banyaknya asap di dalam ruangan.

Tacey mencarikan beberapa pakaian pengganti, karena celananya sendiri tidak selamat dari kebakaran, dan membantunya berpakaian. Masih bingung dengan kebakaran dan perasaan bersalah, dia mengikutinya keluar ke kafe, hanya untuk berhenti ketika dia menyadari bahwa mereka tidak sendirian. Rory menggenggam erat tangan Ben, meskipun anak laki-laki itu sendiri menatap tajam ke arah Wystan.

Sebelum Wystan sempat memperingatkannya, ia telah memperkenalkannya, dan pertanyaan Ben berubah menjadi tajam.

Wystan harus keluar dari sana. Dia menggumamkan sesuatu tentang perlunya membersihkan diri, tetapi Tacey tidak mengizinkannya. Jadi dia menyarankan agar Wystan keluar dan menunggu di dalam mobil saja, dan Tacey mengizinkannya.

Saat Wystan sudah tidak terlihat, ia menyelinap ke dalam dinding terdekat, dan menuju ke halaman, tempat botol minyak lampu itu berasal. Tempat itu kosong, tetapi bau minyak lampu masih tercium, jadi dia mengikutinya. Melewati rumah kos, keluar dari pintu depan dan di tikungan, menuju tempat sebuah kereta besar berwarna merah diparkir. Bukan, sebuah mobil. Itulah yang Tacey sebut sebagai kereta tanpa kuda miliknya, meskipun ini adalah raksasa dibandingkan dengan phaetonnya, dan menggeram seperti binatang buas yang hendak memakan beberapa pejalan kaki di dekatnya untuk makan malam.

Geraman itu berubah menjadi raungan saat mobil melaju, dan Wystan meluncurkan dirinya ke udara untuk mengikutinya... hanya untuk jatuh kembali ke atap ketika sayapnya tidak bisa menahannya. Ada apa ini?

Dia merobek-robek apa yang tersisa dari bajunya yang sudah usang, hanya untuk menemukan sayapnya yang compang-camping. Ah, itulah suara patahan tadi - sayapnya pecah di antara serangan api di satu sisi, dan es di sisi lain. Sekarang, setelah menyelamatkan Tacey dari api, dia terpaksa menyaksikan, tanpa daya, saat pria yang telah membahayakan nyawanya melesat pergi.

Dia tidak menyukai kegagalan, dan dia bahkan tidak berharap untuk memberi tahu Tacey bahwa dia belum menangkap pelakunya. Namun, dia merasa terhormat untuk memberitahukannya, jadi dia menyelinap di antara dinding-dinding kembali ke kafe, hanya untuk mendapati Tacey sedang berbicara dengan seorang pria yang tidak dikenalnya dengan seragam polisi.

Tidak, dua dari mereka, mengatakan bahwa mereka akan mengunjungi pria itu. Malam ini.

Wystan memiliki kesempatan untuk menebus kegagalannya, mengubah kegagalannya menjadi sesuatu yang lebih baik. Dia tidak akan kehilangan kesempatan ini. Alih-alih mengaku pada Tacey, dia mengikuti para petugas polisi, melalui dinding-dinding rumah kos saat mereka menanyai resepsionis dan beberapa penghuni kos, yang tidak ada yang mengaku melihat apa pun, sebelum mereka kembali ke pos jaga, tempat kendaraan mereka diparkir. Polisi masuk, dan Wystan melompat dengan ringan ke atap, lalu berpegangan erat-erat sampai ke rumah tempat mobil merah besar itu diparkir.

Para petugas polisi tidak menghiraukan mobil itu, hanya berjalan melewatinya menuju pintu depan rumah megah itu, mengetuknya seolah-olah mereka memiliki hak untuk berada di sana, alih-alih disuruh ke pintu masuk para pelayan, karena tentu saja rumah sebesar ini membutuhkan staf untuk menjalankannya.

Wystan menyentuh kap mobil, di mana ia tahu bahwa mesinnya berada. Benar saja, mesinnya terasa hangat saat disentuh. Ini adalah mobil yang sama dengan yang pernah dilihatnya terparkir di sudut kafe Tacey. Mobil yang digunakannya untuk membunuh Tacey.

Dan pria di depan pintu, yang melambaikan tangannya saat berbicara dengan polisi, sudah pasti ayah Rory. Pria yang telah memohon padanya untuk melindunginya.

Wystan tidak dapat mendengar percakapan mereka dari sini, jadi dia menyelinap di antara dinding-dinding mansion untuk merayap mendekat.

"Saya sudah bilang, saya sudah berada di sini sepanjang sore. Saya baru saja hendak keluar untuk membeli makanan untuk makan malam. Setelah perlakuan buruk yang mereka berikan di penjara, saya masih menginginkan pizza yang enak."

Kedua petugas polisi itu menegang. "Anda baru saja dibebaskan dari penjara?"

Pria itu menyeringai. "Ya, kau tidak menonton berita? Keguguran keadilan yang mengerikan. Ketika pacar saya hamil untuk memaksa saya menikahinya dan saya tidak mau, dia mencoba bunuh diri, tapi gagal, dan malah menjebak saya dengan tuduhan pembunuhan. Polisi percaya, hakim dan juri percaya, dan di sanalah saya, korban yang tidak bersalah, mendekam di penjara selama lima tahun yang panjang sementara wanita jalang gila yang menjebloskan saya ke penjara itu menghabiskan waktu seharian dengan minum kopi bersama teman-temannya, berpura-pura menjadi ibu dari anak perempuan yang ia tipu agar saya hamil, dan menceritakan kebohongan tentang saya kepada semua orang. Aku yakin itu sebabnya kau ada di sini, bukan? Apa Tacita memberitahumu bahwa aku mengganggunya? Bahwa aku melakukan sesuatu? Karena dia pembohong yang handal atau dia sedang berkhayal, dan bagaimanapun juga, dia bukan ibu yang baik. Aku akan membantunya jika aku mengambil putri kami darinya. Pasti akan membantu gadis itu. Siapa yang tahu? Mungkin dia akan merasa sangat bersalah atas apa yang dia lakukan terhadap saya sehingga dia akan benar-benar melakukan bunuh diri kali ini. Tolonglah semua orang."

"Tuan Guru..."

Para petugas polisi itu saling bertatapan, antara terkejut dengan apa yang dikatakannya dan permintaan maaf yang tidak jelas atas apa yang telah dialaminya.

Apa yang dia katakan bahwa dia menderita...

Cerita pria itu cukup mirip dengan cerita Tacey sehingga mungkin ada benarnya...namun rinciannya sangat berbeda, hanya satu yang bisa menjadi kebenaran. Jika pria ini benar dan Tacey mungkin mencoba untuk bunuh diri, maka Wystan seharusnya ada di sisinya, di mana dia bisa melindunginya. Namun jika Tacey mengatakan yang sebenarnya dan pria ini telah mencoba membunuhnya - tidak hanya di masa lalu, tapi juga malam ini di kafe - maka bahaya terbesar baginya adalah pria yang ada di hadapannya. Jika Wystan terus mengawasinya, dia akan dapat menghentikannya sebelum dia dapat melukai Tacey atau Rory.

Pria itu membanting pintu, dan polisi kembali ke mobil mereka.

Wystan harus memilih - kembali ke Tacey, atau tinggal di sini?

"Babi-babi bodoh," gumam pria itu. "Mereka akan percaya apa saja. Sayang sekali kebakaran di kafe itu tidak membunuhnya. Mereka pasti akan mengatakan sesuatu jika dia mati, hanya untuk melihat reaksiku. Sama seperti waktu itu, saat dia juga tidak mati. Tapi wanita jalang itu tidak bisa abadi. Suatu saat keberuntungannya akan habis, dan saat itu terjadi, aku akan mengambil polis asuransinya. Aku akan datang untukmu, jalang, karena kau berutang padaku sebuah cek gaji yang besar."

Wystan mengepalkan tinjunya. Tentu saja Tacey telah mengatakan yang sebenarnya. Bajingan ini tidak hanya mencoba membunuhnya di masa lalu, tapi dia ingin melakukannya lagi sekarang. Demi uang, seolah-olah dia membutuhkannya, tinggal di rumah yang begitu megah. Bajingan serakah.

Kalau begitu, Wystan harus berubah pikiran. Karena jika si tukang pukul ini mencoba melukai Rory atau Tacey lagi, Wystan akan memenggal kepalanya. Setelah dia merobek anggota tubuhnya, dan bagian lain yang sangat dia sayangi. Tidak ada yang boleh menyakiti keluarganya, atau setidaknya orang yang telah disumpah untuk dilindunginya.

Tiga Puluh Enam

Pada suatu malam, dia benar-benar merasa membutuhkan perlindungan seorang pria, dan Wystan tidak ada di sana. Dia sudah keluar dan memeriksa atap, dan dia bahkan memanggil namanya beberapa kali dari beranda, tapi tetap saja Tacey tidak mendapat jawaban.

Mungkin sesuatu yang buruk telah terjadi padanya. Yah, lebih buruk dari kerusakan pada sayapnya. Adakah cara yang bisa dilakukan untuk memperbaikinya? Ia hampir tidak bisa memanggil ambulans - ia cukup yakin rumah sakit setempat tidak akan tahu bagaimana cara merawat gargoyle - tapi jika ia tahu pertolongan pertama apa yang dibutuhkannya, setidaknya ia bisa membantu.

Setelah kepanikan saat mencari seseorang untuk menjaga Rory saat Mum membatalkannya, diikuti dengan kegagalan pertemuan dengan pengacara, belum lagi kebakaran yang hampir menghanguskan kafe, satu hal yang paling diinginkan Tacey saat ini adalah seseorang yang memeluknya dan mengatakan bahwa semuanya akan baik-baik saja.

Ini mungkin hanya kebohongan, tetapi pelukan yang cukup baik dari sepasang lengan yang kuat yang menekannya ke tubuh yang keras dan berotot akan cukup untuk membuatnya percaya. Atau setidaknya mengalihkan perhatiannya.

Lebih baik lagi, sebuah ciuman atau sesuatu yang lebih...

Mungkin dia sudah gila, ingin mencium monster. Ingin Wystan berada di tempat tidurnya. Tapi melihat Wystan tergeletak di lantai, terluka karena berusaha menyelamatkannya, dia tidak bisa melihatnya sebagai monster lagi. Tentu saja, ada sayap dan tanduk serta ukuran monsternya yang. .. seperti manusia, tapi dia tidak pernah menjadi pria yang kurang sempurna di hadapannya atau Rory. Dia mungkin terlihat seperti monster di l uar... tapi di dalam... oke, dan mungkin beberapa bagian di luar... dia adalah pria idaman Rory.

Dan bukan berarti dia tidak menyukai sayap atau tanduk. Sayap bisa sangat berguna dan tanduk, yah... mereka akan memberinya sesuatu untuk dipegang jika mereka pernah...

Akui saja, katanya pada dirinya sendiri. Anda sudah menginginkan ayam jantan monster itu sejak pertama kali melihatnya. Pegang tanduknya dan tunggangi dia sampai kalian berdua berteriak.

Bahkan, jika dia berada di kamar tidurnya sekarang, itulah yang ingin dia lakukan. Dia ingin mengacaukan otak mereka berdua, sampai dia lupa tentang Matt dan pengacara dan kebakaran dan inspektur kesehatan dan segala sesuatu yang gila dalam hidupnya sehingga selama satu atau dua jam, yang dia lakukan hanyalah merasakan dan tidak memikirkan semua itu.

Rory... Rory aman di rumah dan tertidur. Dia adalah hal yang paling menegangkan sekaligus paling penting dalam hidup Tacey, dan Tacey akan melakukan apa pun untuknya, tetapi di jam-jam gelap malam saat dia tahu Rory tertidur pulas, terkadang dia menginginkan sesuatu yang lebih. Sesuatu untuk dirinya sendiri. Seseorang, bahkan.

Seseorang yang akan menjadi orang yang bertanggung jawab. Yang akan bertanggung jawab sehingga dia tidak perlu melakukannya.

Seperti yang dialami Wystan dengan kebakaran hari ini.

Apakah dia mengambil alih seperti itu di kamar tidur?

Dia hanya bisa berharap.

Dan bermimpi. Sial, mungkinkah dia bermim pi...

Tiga Puluh Tujuh

Selama berjam-jam, pria itu menonton televisi. Televisi itu memenuhi hampir seluruh dinding, jauh lebih besar daripada televisi di rumah Tacey, dan acara yang ditayangkan sama sekali tidak semenarik acara yang ditonton Tacey dan Rory. Tidak, sepanjang waktu yang ia tonton, layar televisi hanya menampilkan para pria berkemeja ketat dan cerah serta celana yang sangat pendek hingga nyaris tidak terlihat sama sekali, berlarian di lapangan hijau, saling menendang dan melempar bola berbentuk telur.

Sekarang, Wystan telah memainkan banyak permainan, saat di sekolah dan sesekali pada hari-hari festival, tetapi menonton pria lain melakukannya tanpa menjadi bagian dari itu? Wystan tidak bisa membayangkan hal yang lebih membosankan. Dia akan berada di tengah-tengahnya, menendang, melempar, menjegal, dan... apakah pria itu baru saja menggigit seseorang? Ah, itu lebih seperti itu!

Kecuali bahwa para pria datang bergegas ke lapangan untuk menghentikan permainan dan memprotes tentang gigitan tersebut, sehingga Wystan kehilangan minat lagi.

Itulah sebabnya ia terkejut mendengar dentingan kunci saat pria itu bangkit dari tempat duduknya dan menuju ke pintu.

Dia tidak bisa pergi. Setidaknya, tidak tanpa Wystan yang ikut bersamanya.

Jadi sementara pria itu mengunci pintu, Wystan menyelinap melalui dinding menuju garasi, dan menyelinap ke kursi belakang mobil merah. Dia tetap merunduk, sehingga pria itu tidak akan melihatnya di cermin yang dia tahu sering dicek oleh Tacey, dan bertanya-tanya apa yang harus dia katakan untuk membujuk pria itu agar meninggalkan Tacey dan Rory sendirian.

Jika itu adalah Effie dan bayinya, tidak ada yang bisa menjauhkannya dari mereka. Tidak ada ancaman, janji, atau alasan apa pun. Tapi Wystan tidak pernah ingin Effie mati.

Pria itu melemparkan dirinya ke kursi pengemudi, dan mesin menggeram seperti binatang buas.

Wystan memutar otak. Dia bukanlah pembicara berlidah perak di antara keluarganya. Jika ada, itu adalah Grant dan Harlow. Grant bisa membujuk siapa saja untuk melakukan apa saja, sementara kakaknya bisa membujuk mereka untuk tidak melakukannya. Wystan berharap mereka berdua ada di sini untuk menasihatinya. Tapi dia hanya memiliki akalnya sendiri, dan bahkan mereka tampaknya telah meninggalkannya.

Dia adalah seorang petani, dan seorang yang berbicara dengan bahasa yang sederhana. Dia hanya bisa memikirkan satu hal untuk dikatakan, jadi dia menggeser kursinya lebih tinggi, sehingga dia bisa terlihat oleh pengemudi di kaca spionnya, dan berbicara kepadanya: "Apa yang membuat Anda tega meninggalkan Tacey dan putrinya sendirian, Tuan Masters?"

"Apa-apaan ini?" Master menatap ke cermin dan benar-benar melompat ke tempat duduknya, sebelum berbalik untuk melihat Wystan dengan matanya sendiri. "Apa-apaan kamu ini?"

Setir mobil berputar di tangannya, tetapi ia tidak menghiraukannya karena kepanikannya pada penumpangnya.

"Nama saya Wystan Stone, dan saya adalah pelindung gargoyle Nona Bell," kata Wystan.

"Keluar dari mobil saya!" teriak pria itu sambil menampar Wystan.

Wystan dengan mudah menghindari tangan yang mengayun, meskipun gerakan mobil membuatnya tergelincir di sepanjang kursi. Mungkin Wystan seharusnya memasang sabuk pengaman, seperti yang dia lakukan saat bersama Tacey. "Tidak sampai kau berjanji padaku bahwa kau tidak akan mengganggu Nona Bell atau putrinya lagi."

Rasanya tidak mungkin dia mendapatkan jaminan seperti itu dari pria itu sekarang, yang sedang berbelok-belok dengan gila-gilaan di jalan saat dia mencoba mencapai Wystan. Pria itu sudah menjadi sangat gila. Namun Wystan sama sekali tidak merasa bersalah karena telah berbohong pada pria itu, yang telah berbohong dengan begitu mudahnya pada petugas polisi tentang Tacey.

"Apa-apaan ini? Anda adalah pria yang mengenakan setelan itu, bukan? Orang yang ada di video itu? Keluar dari mobil saya, atau saya akan menghajarmu dengan sangat buruk, kamu harus memakai topeng seumur hidupmu, tidak ada yang mau melihatmu!" Pria itu mengulurkan tangan, meraih lengan Wystan, tetapi saat melakukan itu, mobilnya berbelok secara mengkhawatirkan ke arah tembok beton.

"Tuan Master!" Wystan meraih setir untuk memperbaiki arah mobil, hanya untuk mendapati dirinya bertarung dengan pria itu untuk mengendalikan mobil. Satu saat, mereka akan menabrak dinding beton, dan berikutnya, mereka meluncur ke arah pembatas logam di tepi jalan. Bukan, tepi jembatan...

Waktu seakan berhenti saat mobil menabrak pembatas jalan, melintang, tetapi bukannya berhenti, mobil tersebut malah terus melaju, membalikkan badannya hingga tidak lagi berada di jembatan. Kemudian mobil itu mulai jatuh.

Pecahan kaca beterbangan ke mana-mana, dari jendela yang pecah seperti yang dipecahkan pria ini di kafe tadi malam. Dan kemudian mereka memukul.

Rasanya sekeras beton, atau jalan lain, sampai air mulai menyembur ke dalam mobil saat tenggelam. Pria itu berteriak, memohon pertolongan dan dilepaskan, tetapi tidak ada yang memegangnya. Darah melumuri air di sekelilingnya, dan ia terus berteriak, bahkan saat mobilnya tenggelam di bawah permukaan, dan suaranya lebih mirip gemericik air.

Wystan mengangkat dirinya keluar dari jendela belakang mobil yang pecah, karena air tidak mengganggunya, karena dia tidak perlu bernapas. Mobil itu berada di dasar sungai, jadi mudah saja baginya untuk berjalan ke depan dan mengintip ke arah pria itu.

Matanya terbuka lebar dan menatap, tetapi tidak bisa melihat. Dasbor mobil telah menjepit kakinya ke kursi, sehingga dia tergantung terbalik, mulutnya masih terbuka seolah-olah ingin berteriak untuk terakhir kalinya.

Tapi dia tidak akan pernah berteriak lagi. Kecuali jika takdir memberinya kesempatan kedua seperti yang diberikan kepada Wystan...

Kematian Effie sungguh tragis. Mengerikan dan mungkin bisa dicegah, jika dokter datang tepat waktu, tapi itu bukan kesalahan Wystan. Padahal pria ini telah merencanakan dan merencanakan kematian Tacey, yang membuatnya menjadi makhluk yang sangat berbeda.

Monster yang Rory ingin dia lindungi.

Dan dia berhasil. Namun secara tidak sengaja, atau secara kebetulan, Wystan telah mengalahkan monster itu. Tacey dan Rory selamat.

Sekarang, jika takdir benar-benar memberkatinya, dia akan diizinkan untuk naik ke surga, untuk menghabiskan kekekalan bersama Effie dan bayinya.

Dia hanya memiliki satu penyesalan: bahwa dia tidak memiliki kesempatan untuk mengucapkan selamat tinggal kepada Tacey dan Rory, dan mengklaim ciuman perpisahan. Karena dia akan sangat merindukan mereka berdua.

Wystan memejamkan matanya, menunggu. Tentunya malaikat akan datang? Atau seseorang?

Ia menunggu dan menunggu, tetapi tidak ada sangkakala, tidak ada malaikat. Bahkan setan pun tidak datang untuk memangsanya karena berani mengharapkan surga.

Itu berarti dia masih harus melindungi Tacey dan Rory. Harapan mekar di dalam hatinya. Mereka masih membutuhkannya.

Wystan bisa hidup dengan hal itu.

Lalu ia berbalik hingga menghadap ke hilir, ke arah laut, dan mulai berjalan menyusuri dasar sungai menuju rumah.

Tiga Puluh Delapan

"Saatnya pergi SEKARANG, Rory!" Tacey berteriak. Tuhan, dia tidak ingin berteriak padanya, pada pagi yang mungkin menjadi pagi terakhir mereka bersama.

Seandainya saja Matt menabrak pohon atau sesuatu dan tidak muncul.

Tacey menggelengkan kepalanya. Tidak, dia tidak boleh berharap seperti itu pada Matt, apalagi pohon yang tidak bersalah.

Sebuah penghalang beton, mungkin?

Hanya jika itu berarti dia tidak akan muncul lagi. Karena jika dia datang terlambat, dia akan menjadi lebih marah dan lebih kejam dan dia mungkin akan melampiaskannya pada Rory...

Tacey telah mengemas sebuah tas untuk Rory, tas yang sama yang biasa ia bawa ke rumah ibunya saat ia menginap, dan menyembunyikannya di bagasi mobil. Dia tidak akan menyerahkan Rory kepada Matt, tetapi dia adalah ayahnya, dan berhak untuk mengakses kunjungan, jika tidak ada yang lain. Ketika dia tiba, dia akan mengatakan bahwa Rory bisa menemaninya di akhir pekan, tapi dia harus pulang pada hari Minggu sore, karena dia harus sekolah pada hari Senin.

Dia dan pengacaranya yang brengsek itu bisa saja mencoba membawanya ke pengadilan, tapi ada pengacara lain di Perth, dan dia akan mencari yang lain. Ditambah lagi, untuk setiap kebohongan yang Matt katakan tentangnya, dia bisa menceritakan banyak cerita tentangnya. Polisi harus menemukan sesuatu yang mengaitkannya dengan kecoak atau kebakaran itu, dan dia akan membawanya ke pengadilan juga. Dia tidak bisa mendapatkan hak asuh penuh atas Rory jika dia dipenjara karena kasus pembakaran, yang merupakan kejahatan yang mengerikan di Perth yang rawan kebakaran hutan.

Ini bukanlah akhir dari segalanya. Dia akan melawannya di setiap langkahnya.

Selama mereka benar-benar sampai di kafe...

"Rory! Saya akan menghitung sampai tiga!"

Rory menginjak-injak ke dalam pandangan. "Saya tidak dapat menemukan sandal jepit hijau saya."

Mungkin karena mereka dimasukkan ke dalam tas semalam, pikir Tacey tetapi tidak mengatakannya. "Kamu tidak bisa memakainya hari ini. Ini musim dingin. Kamu butuh kaus kaki dan sepatu kets."

Sambil menggerutu, Rory mulai menarik kaus kakinya.

Tacey bertanya-tanya bagaimana Matt akan mengatasi salah satu amukan Rory. Mereka bisa sangat spektakuler, membuat Tacey sangat lelah, tapi dia tahu menunjukkan kelemahan pasti akan membuatnya kalah, jadi dia harus melawan mereka sampai akhir. Matt... yah, dia bisa mengetahuinya sendiri. Jika dia ingin menjadi orang tua yang bertanggung jawab, dia tidak akan mendapatkan bantuan dari Tacey.

"Apakah Anda siap?" Tacey bertanya.

Rory mulai mengangguk, sebelum mulutnya ternganga. "Aku hampir lupa dengan pemukul mainanku! Aku harus menunjukkannya pada Paman Ben!" Ia bergegas kembali ke kamarnya.

Tacey menghela napas. Ini akan menjadi pagi yang panjang.

Tiga Puluh Sembilan

Tanpa Ben atau Wystan di sana, Rory bersikeras untuk duduk di meja Ben di kafe, di samping galeri seninya yang sedang berkembang. Dia menambahkan komik pada sketsa-sketsanya sekarang - semuanya menampilkan gargoyle dengan secangkir kopi di tangannya. Apakah ini yang dia bicarakan kemarin? Pasti, Tacey memutuskan.

Dia menyiapkan Rory dengan beberapa muffin dan babycino dengan stensil bayi Yoda di atasnya dengan bubuk kakao, dan mulai membuat kue. Sabtu pagi selalu sibuk, dan dia sendirian pagi ini. Lebih baik tidak ada orang lain yang berurusan dengan Matt.

Kue terakhir keluar dari oven tepat sebelum waktu buka, jadi Tacey membalikkan papan nama dan mengambil tempat di belakang meja.

Kopi demi kopi, dan muffin demi muffin melintasi meja, hingga lemari hampir kosong. Tacey berlari ke dapur untuk mengambil nampan lain dan memeriksa waktu. Hampir tengah hari! Sangat disayangkan Matt datang di hari Sabtu pagi. Dia tidak pernah datang tepat waktu sebelumnya, jadi setidaknya hal itu tidak berubah.

Untuk sesaat, ia berani berharap Matt tidak datang, namun ia menyingkirkan pikiran itu sesaat setelah ia memilikinya. Tidak, jika Matt mengatakan dia akan datang, dia akan datang, bahkan jika dia terlambat. Dia selalu menepati janjinya, terutama janji-janji gelap.

Siang hari telah tiba, jadi Tacey membuatkan sandwich untuk Rory, dengan salad yang lebih banyak menggunakan tomat ceri daripada selada. Selama dia makan sayuran, dia baik-baik saja, bukan?

Ketika kesibukan makan siang selesai, Tacey menyempatkan diri untuk mengambil sandwich untuk dirinya sendiri. Dia menaruh ekstra brie di salah satu roti kalkun, dan menyembunyikannya di lemari es bersama susu. Tak heran jika sandwich ini terjual dengan sangat baik. Rasanya sangat lezat. Dia harus menjadikannya sebagai menu permanen.

Tentu saja, saat mulutnya penuh, pelanggan masuk. Bukan, dua orang polisi.

"Apakah Anda punya kabar tentang tes laboratorium? Atau apakah dia mengaku melakukan bom api itu?" tanyanya dengan penuh semangat.

Kedua petugas itu saling berpandangan dengan kebingungan sebelum salah satu dari mereka menggelengkan kepalanya.

Baru pada saat itulah Tacey menyadari bahwa mereka berdua adalah petugas yang sama yang datang setelah kebakaran.

"Apakah Anda Tacita Bell?" tanya petugas wanita itu.

Tacey mengangguk. "Panggil saya Tacey," katanya.

"Apakah Anda mengenal seorang pria bernama Matthew Masters?" tanya petugas itu.

Sekali lagi, Tacey mengangguk. "Dia adalah ayah dari putri saya. Dia bilang... dia bilang dia akan datang ke sini pagi ini untuk menjemputnya. Dia menuntut hak asuh penuh atas putrinya, tapi dia hampir tidak mengenalnya. Sampai pengadilan memerintahkan sebaliknya, hal terbaik yang bisa dia dapatkan adalah akses kunjungan."

"Putri Anda adalah Aurora Bell?"

Tacey menunjuk ke arah meja Ben. "Itu dia yang di sana." Dia meringis saat Rory menggigit tomat dan jus menyemprot di pipinya.

"Kapan terakhir kali Anda bertemu dengan Tuan Masters?"

Yah, dia tidak benar-benar melihatnya melempar bom molotov atau tas berisi kecoa. "Mungkin dua minggu yang lalu, di kafe ini."

"Apakah dia tampak rendah hati kepada Anda?"

Tacey tertawa. "Dia tampak menggertak dan mengancam. Dia mengatakan kepada saya bahwa dia akan mengambil putri kami dari saya dan jika saya tahu apa yang baik untuk saya, saya juga akan ikut. Seolah-olah saya cukup bodoh untuk kembali kepada pria yang mencoba membunuh saya."

"Apakah Anda tahu di mana dia sekarang?"

Tacey hanya tertawa lebih keras. "Dia seharusnya ada di sini, jadi, tidak, saya tidak tahu di mana dia bisa berada yang lebih penting daripada anak perempuan yang tidak dia pedulikan sampai sekarang, ketika dia tiba-tiba menginginkannya.

Mungkin dia sadar dan memutuskan untuk menjual rumah mewah milik orangtuanya dan tinggal di sebuah pantai di Bali?" Seandainya saja perbatasan itu terbuka, yang tentu saja tidak.

Kedua polisi itu saling bertukar pandang.

Hati Tacey terasa hancur. Apa pun yang mereka ketahui yang tidak ia ketahui, itu tidak baik.

Dia membasahi bibirnya. "Apakah itu rumahku? Apakah dia membakar Bell House?"

Beberapa saat berlalu, sebelum yang pria berkata, "Nona Bell, Tuan Masters keluar dari Jembatan Mount Henry tadi malam. Dari apa yang bisa kami tangkap dari kamera lalu lintas, dia mengemudi dengan tidak menentu, hampir menabrak beberapa mobil lain dan pembatas beton, sebelum dia tiba-tiba berbelok dan keluar dari jembatan. Kami menemukan mayatnya di sungai pagi ini."

Tacey hampir tidak bisa mempercayainya. Tentu saja, dia telah memikirkan sesuatu yang buruk terjadi pada Matt, tapi dia tidak pernah berpikir secara serius... "Matt sudah mati?"

Keduanya mengangguk. "Dan kami yakin putri Anda adalah satu-satunya ahli warisnya."

Rory memiliki rumah orang tua Matt di Salter Point? Rumput Christine yang masih asli? Oh,

Christine akan berguling-guling di kuburannya jika dia tahu.

"Rory masih terlalu muda untuk memiliki properti. Dia baru saja mulai belajar membaca, dan tentu saja belum cukup umur untuk menandatangani kontrak dalam waktu dekat."

Petugas laki-laki itu terbatuk-batuk. "Nah, sebagai wali sahnya, Anda akan bertanggung jawab atas segala sesuatunya sampai dia berusia delapan belas tahun. Tentu saja, para pengacara harus memeriksa semua dokumen, yang mungkin memakan waktu berbulan-bulan, tetapi ketika semuanya sudah beres, saya pikir Anda akan menemukan bahwa sebelum Tuan Masters secara tragis bunuh diri, dia tahu bahwa putrinya akan dinafkahi."

Matt? Bunuh diri? Tidak pernah. Mengemudi dalam keadaan mabuk atau menggunakan telepon genggam dan tidak memperhatikan jalan, mungkin. Tapi apa pun yang membuat Matt menyetir dari jembatan itu, baginya dan Rory, itu lebih seperti keajaiban.

"Terima kasih telah memberi tahu saya. Bolehkah saya ambilkan kopi, atau muffin, mungkin?" Tacey menawarkan.

Petugas polisi menolak, lalu pergi, dengan janji bahwa pengacara Matt akan menghubungi mereka. Oh, Tacey sangat menantikan pertemuan itu. Dominic Lamont akan mencium pantatnya.

Empat Puluh

Sisa hari itu berlalu dengan cepat. Pelanggan datang dan pergi, dan Octavia ingin mengerjakan proyek super rahasianya di lantai atas malam ini, jadi dia menawarkan diri untuk menjaga meja kasir hingga kafe tutup, jadi ketika matahari terbenam mewarnai langit dengan warna oranye, Tacey menggantungkan celemeknya, dan mengantar Rory pulang.

Mereka berhenti untuk membeli pizza di tengah perjalanan, sehingga rumah itu gelap saat mereka tiba. Lampu keamanan di beranda rumah menyala begitu mereka berhenti, menampakkan bentuk bayangan yang duduk di kursi di samping pintu.

Bayangan yang sangat besar dan mengagumkan.

Jantung Tacey berdegup kencang, namun Rory lebih dulu sampai di sana.

"Tuan Monster!" teriaknya, melompat keluar dari mobil dan berlari ke arah Wystan.

Tacey mengikuti dengan langkah yang lebih lambat, sambil membawa kotak pizza, tapi dia tepat waktu mendengar Wystan berkata, "Tidak apa-apa, kamu aman sekarang, Nona Rory. Monster itu tidak akan menyakitimu lagi."

Dia tahu Matt sudah mati.

Hal yang tidak mungkin dia ketahui kecuali dia berada di kafe ketika polisi datang, atau jika dia bertanggung jawab atas kejadian itu.

Tapi Tacey tidak bisa menanyakan hal itu di depan Rory.

"Anda harus masuk," katanya sambil menunjukkan jalan.

"Bagaimana dengan peraturan tentang tidak boleh ada monster di dalam rumah?" Wystan bertanya.

Tacey menarik napas dalam-dalam. "Itu hanya berlaku untuk monster yang mungkin ingin menyakiti kita. Apakah kamu berbahaya bagi Rory dan aku?"

Wystan menggelengkan kepalanya. "Aku bersumpah untuk melindungimu, sekarang dan selalu."

Hal itu tidak menjelaskan mengapa dia menghilang saat dia sangat membutuhkannya, kecuali dia bersama Matt. Membunuh Matt.

"Kalau begitu, Anda bisa masuk."

Rory bersorak, meraih tangan Wystan untuk menariknya melewati pintu. Jika dia tahu Wystan telah membunuh seorang pria untuknya, Rory tidak akan begitu mudah percaya.

Kemudian lagi, dia mungkin tidak melakukannya. Matt mungkin saja bunuh diri, namun tidak sengaja. Tapi Tacey tidak mempercayainya.

Rory tidak bisa segera tidur.

Empat Puluh Satu

"Selamat malam, Tuan Monster!" Rory melingkarkan lengannya ke leher Wystan dan memeluknya cukup erat untuk mencekiknya, jika dia perlu bernapas. Kemudian dia mencium pipinya, sebelum berlari pergi.

Tacey hanya memperhatikan, tidak mengucapkan sepatah kata pun, tetapi matanya mengatakan banyak hal.

Mereka mengatakan jika dia tidak menceritakan semuanya, dia akan mengusirnya dari rumah. Untuk selamanya kali ini.

Keabadian sebagai gargoyle di atap rumahnya. Sebenarnya, ada cara yang lebih buruk untuk berjaga-jaga. Tapi dia bisa menerimanya, jika itu yang dia inginkan. Setidaknya dia tahu dia aman, dan Rory juga.

Akhirnya, ia menutup pintu kamar tidur Rory dan mengambil kursi di seberang meja darinya. Kemudian dia melipat lengannya, menatap Rory, dan berkata, "Jelaskan."

Dan dia melakukannya. Berbohong akan pergi ke mobil, mencoba mengejar Masters, naik ke atas mobil polisi, mendengar rencana pria itu untuk Tacey, sebelum menyelinap ke kursi belakang mobilnya untuk mencoba membujuknya meninggalkan Tacey sendirian.

"Saya tidak menyangka dia menjadi gila. Mobilnya terbalik dan kami berada di dalam air dan dia berteriak dan kemudian... semuanya berakhir," kata Wystan.

Tacey memiliki ekspresi wajah yang paling aneh. Seperti dia berusaha untuk tidak tersenyum, tapi wajahnya tetap ingin tersenyum. Akhirnya, dia berkata, "Jadi... Anda mengatakan bahwa kematian Matt adalah sebuah kecelakaan. Dia panik saat melihatmu, kehilangan kendali atas mobilnya, dan terbunuh dalam sebuah kecelakaan. Sama seperti yang dia inginkan terjadi padaku, hanya saja dia menyetir dari jembatan, bukan dari tebing."

Wystan mengangguk. Dia juga melihat kemiripannya. Mungkin inilah keadilan, yang dilayani oleh takdir yang tidak menyukai pengacara.

Tacey berdiri dengan ragu-ragu, lalu mengulurkan tangannya. "Saya yakin saya harus berterima kasih kepada Anda."

Terbiasa dengan pelukan penuh semangat dari Rory, dia tahu Tacey menawarkan hal yang serupa, tetapi dia bukan anak kecil yang lugu.

"Kamu tidak berhutang apapun padaku. Aku adalah pelindungmu yang disumpah. Anda yang memanggil saya, ingat?" katanya.

"Maukah kamu memelukku saja? Aku merasa bodoh berdiri di sini dengan tangan terangkat, jika kamu tidak melakukannya."

Dia harus menertawakan hal itu. Dia juga tidak bisa tidak mematuhi perintah, bahkan jika dia menginginkannya.

Dia merasa lembut dan halus dalam pelukannya, meskipun dia tahu bahwa wanita itu sama kuatnya dengan dia, ketika itu penting. Oh, tapi kenikmatan payudara wanita itu di dadanya! Dia belum pernah sedekat ini dengan seorang wanita sejak...

"Sekarang cium aku."

Empat Puluh Dua

Tacey mengira dia mengingat ciuman pertama itu, tapi ingatannya tidak bisa menggambarkannya atau Wystan. Dia menciumnya seperti dia sedang minum di padang pasir, saat dia sedang sekarat kehausan, membakar bagian dalam tubuhnya sampai ke intinya.

Baru sekarang dia menyadari bahwa pria itu tidak mengenakan celana, dan monster yang menjorok dari pangkal pahanya terasa panas dan keras di perutnya.

Tacey mengambil sepersekian detik untuk mengingat bahwa Octavia sedang berada di kafe, Callie masih berada di pesta pernikahan dan Rory tertidur di kamarnya. Besok, rumah mereka akan penuh lagi. Jika dia bersikap bijaksana, dia seharusnya membawanya ke kamar tidurnya sebelum mereka melakukan apa pun, tapi saat ini, dia muak untuk bersikap bijaksana.

Dia ingin menunggangi penis monster itu sampai dia berteriak.

Tacey mendorong Wystan ke kursi terdekat, lalu menyeret kemejanya ke atas kepala. Celananya jatuh ke lantai, diikuti oleh celana dalamnya. Dia menarik napas dalam-dalam, sebelum dia mengangkangi pangkuan Wystan.

Bahkan kepala penisnya terasa sangat besar, tapi dia tidak ragu-ragu. Dia membimbingnya masuk ke dalam dirinya, tenggelam ke bawah, menyusuri panjangnya yang sangat besar itu, sampai dia merasa lebih penuh dari yang pernah dia rasakan sebelumnya.

"Oh, Nona Tacey, Anda luar biasa," Wystan mengerang. "Apakah Anda yakin menginginkan ini?"

Tacey tertawa. "Saya tidak pernah menginginkan sesuatu yang lebih."

Dan kemudian dia menungganginya. Dengan keras. Hingga orgasme pertama membuatnya terguncang, dengan cepat diikuti oleh orgasme kedua, dan ketiga.

Lebih dari itu, dia akan jatuh dan tidak bisa berjalan. Jika belum terlambat untuk itu.

Wystan bangkit dari tempat duduknya, masih jauh di dalam dirinya, dan dia melingkarkan kakinya di pinggang Wystan untuk menahannya di sana. "Aku akan mengantarmu ke tempat tidur, Nona Tacey."

"Bagus."

Hanya beberapa langkah, tetapi setiap langkah membuatnya bergesekan dengan dirinya, sehingga dia berada di puncak orgasme lain pada saat dia membaringkannya dengan lembut di tempat tidurnya.

"Apakah Anda ingin saya berjaga di atap sementara Anda tidur?" Wystan bertanya, seolah-olah dia tidak mengubur kemaluannya jauh di dalam dirinya, tepat di tempat yang dia inginkan. Sekarang, dan setiap malam. Dia tidak ingin ada penjaga batu yang dingin di atap.

"Tidak," dia bernapas, mengangkat pinggulnya dalam upaya untuk membuatnya menyelesaikan apa yang dia mulai. Dia sudah sangat dekat. "Aku ingin... aku ingin... kamu. Di tempat tidurku, seperti ini, sepanjang malam. Setiap malam."

"Apa kamu yakin?" tanyanya, perlahan-lahan menarik hampir keluar dari tubuhnya, sebelum masuk ke dalam dengan dorongan yang paling berliku-liku yang hanya bisa dilakukan oleh seorang pria yang terbuat dari batu.

"Ya. Kumohon, Wystan." Dia hampir tidak mengenali suaranya sendiri, terengah-engah dan memohon. "Tolong, lebih banyak lagi!"

Dan, sebagai monster, atau mungkin karena dia bukan monster, dia memberikan apa yang dia minta. Lagi dan lagi dan lagi.

Ingin membaca lebih lanjut?

Buku berikutnya dalam seri ini adalah

Bayangan Batu

yang bisa Anda dapatkan DI SINI: https://demelzacarlton.com/romansa-gargoyle-pelindung/

Tentang Penulis

Demelza Carlton selalu menyukai lautan, tetapi pada perjalanan snorkeling pertamanya, ia merasa takut dengan ikan.

Sejak saat itu, ia berenang bersama singa laut, hiu, dan teripang, serta berdiri di tebing yang basah kuyup di atas lautan yang mendidih saat gelombang topan setinggi tujuh meter menerjang dan menghancurkan sebuah kapal karam di bawahnya.

Demelza sekarang tinggal di Perth, Australia Barat, ibu kota serangan hiu di dunia.

Serial Ocean's Gift adalah karya fiksi pertamanya, yang kemudian disusul dengan trilogi Nightmares yang menegangkan. Dia bersumpah serial Mel Goes to Hell menyergapnya di kereta api yang penuh sesak dan tidak akan meninggalkannya sendirian.

Ingin tahu lebih banyak? Cari tahu lebih lanjut tentang buku-buku Demelza di situs webnya, Demelza Carlton's Place di: https://demelzacarlton.com/

www.ingramcontent.com/pod-product-compliance
Lightning Source LLC
LaVergne TN
LVHW050646051026
849532LV00002B/549
9798231706778